KB115569

그러함에도

그러함에도

발행일	2020년 3월 11일

지은이	정종육		
펴낸이	손형국		
펴낸곳	(주)북랩		
편집인	선일영	편집	강대건, 최예은, 최승헌, 김경무, 이예지
디자인	이현수, 김민하, 한수희, 김윤주, 허지혜	제작	박기성, 황동현, 구성우, 장홍석
마케팅	김회란, 박진관, 조하라, 장은별		
출판등록	2004. 12. 1(제2012-000051호)		
주소	서울특별시 금천구 가산디지털 1로 168, 우림라이온스밸리 B동 B113~114호, C동 B101호		
홈페이지	www.book.co.kr		
전화번호	(02)2026-5777	팩스	(02)2026-5747

ISBN	979-11-6539-119-5 03810 (종이책)	979-11-6539-120-1 05180 (전자책)	

이 도서의 국립중앙도서관 출판예정도서목록(CIP)은 서지정보유통지원시스템 홈페이지(http://seoji.nl.go.kr)와
국가자료공동목록시스템(http://www.nl.go.kr/kolisnet)에서 이용하실 수 있습니다.
(CIP제어번호: CIP2020009830)

(주)북랩 성공출판의 파트너

북랩 홈페이지와 패밀리 사이트에서 다양한 출판 솔루션을 만나 보세요!

홈페이지 book.co.kr • **블로그** blog.naver.com/essaybook • **출판문의** book@book.co.kr

그러함에도

정종욱 에세이

삶을 돌아보는 69가지 구수한 이야기.
그리고 치매로 모든 것을 잃어가는 어머니와
어머니의 존엄한 여생을 바라는
아들의 아름다운 동행 이야기

북랩 book Lab

차 례

| 1 부 |

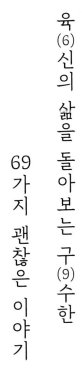

육(6)신의 삶을 돌아보는 구(9)수한

69가지 괜찮은 이야기

시간이란 무엇일까.

도대체 무엇이길래 사람의 평생을 끌고 가며, 결국은 죽음으로까지 안내하는 걸까.

인간의 의지와 상관없이 지금 이 순간에도 말없이 흘러가는 강력한 그 녀석 앞에서 우리는 끊임없이 삶을 고민하며 이왕이면 더 행복해지려고 노력한다. 하지만 모두가 잘 알고 있듯이 인생의 여정은 결코 평탄하지만은 않고, 아픔과 시련이 늘 함께 한다. 그러함에도 어떻게든 견디며 살아가야 하는 우리의 삶이다.

그리고 한가지 안타까운 점, 삶이라는 것은 빈궁하던 풍요롭던 누구에게나 기한이 있다는 것이다. 먼 이야기 같고 한편으론 이 세상에서 영원히 누릴 것 같이 보이지만, 인간에게 허락된 시간은 정해져 있으며 그 타이머가 '0'이 되는, 누구도 알 수 없는 그 순간 우리는 세상을 미련 없이 떠나야 한다.

그리고 죽음과 동시에 우리가 갈 수 있는 곳은 단 2곳.

천국이냐 지옥이냐.

공교롭게도 그 선택은 그때 가서 하는 게 아니다.

인생을 곰곰이 돌아보면 당시에는 보이지 않았던 것들을 뒤늦게 깨닫는 경우가 많은 것 같다. 뭐 괜찮다. 그럴 수 있다. 그러나 우리가 반드시 기억해야 할 것은, 나중에서야 깨닫는 그 어리석음을 절대로 반복해서는 안 되는 순간이 있다는 것이다.

바로 죽음 이후이다. 흔히 말하는 후회라는 것을 그때는 어떻게든 하지 말아야 한다. 아니, 어쩌면 그 후회조차도 할 틈이 없을지 모른다.

그렇기에 이 땅에서 우리에게 허락된 시간은 단지 서에서 동으로 스쳐가는 정도의 편서풍이 아니다.

사는 동안 현명한 선택이 미리 이루어지면 좋겠다.

반복되기 때문인지 평범해 보이는 일상. 그 일상 속에서 좀 더 재미있는 의미를 발견하고 다시는 돌아오지 않는 시간의 소중함을 기억해 보고자 부족하지만 키보드를 두드려 보았다.

기존의 유머처럼 폭소를 일으키지는 않는다. 그러나 미소 짓게 하고, 생각하게 하며, 때로는 진지하게 삶을 돌아보는 감동의 작은 파도가 밀려오리라.

특이하게 제목을 마지막에 둔 것은, 뒤늦게야 깨닫게 되는 우리의 습성을 따른 것이다. 행여나 먼 훗날에 후회가 또 이어지면 안 되기에, 그 우리의 습성을 꼭 기억하길 바라는 마음이 담겨 있다.

또한 제목을 알고 나서 다시 읽어보면 더 깊게 의미가 다가오리라.

길을 걷다가 우연히 동전을 주우면 왠지 기쁘다.
그게 뭐 그리 기쁜고 좋아신다.
답답하고 고단한 세상에 작은 미소를 주는 멋진 놈.

하나 떨어뜨려 놓을까?
누군가가 웃을지도 모른다.

아, 그럼. 어제 그 100원짜리도?

동전

잘라내고
또 잘라내니
더 담을 수도 없다.

저절로 멈춰지는군

절제

한 보따리 쌌다.
네가 가져온 시신도 오태 실리는데 아누 빨리 건네준다.
잠시 후 그만큼 또 받아온다.
참 열심히도 나른다.

네가 있어서 우리가 사랑한다.

중매쟁이야 오늘도 고맙다.

문자 메시지

엄마의 몸속에 작은 송이가 생겨났습니다.

눈송이보다 더 고운
포도송이보다 탐스러운
장미 천만 송이보다 더 아름다운

엄마의 뱃속이니까 이름은 배송이라고 지어보자.

주문은 누가 했을까요?

배송이 시작되었습니다

저 멀리 내가 있다.
내가 보고 있으니 내가 보인다.
한 걸음씩 다가갔다.
내가 더 크게 보이고 내 뒤를 둘러싼 모습들도 잘 보인다.
다시 뒤로 물러나니 내가 작아지며 주변도 조금만 보인다.

누군가를 멀리서 바라본 체 그 사람을 알기란 어렵다.
섣불리 판단하게 되니 오히려 실수로 이어진다.
가까이 다가가 말을 건네며 차라도 한 잔 마셔보자.
무엇을 좋아하는지, 무엇을 생각하는지, 그의 주변들이 보이기 시작
한다.
뿐만 아니라 그동안 가려졌던 내 모습까지도 새로이 느끼게 된다.

다가가니 남도 잘 보이고 나도 잘 보인다.

거울

자야 한다.
허나 모두가 잠들면 누가 지키나
반만 불 끄자.

일어나면 교대하자

지구

컴퓨터 전원을 켠다.
깜깜하던 모니터에 바탕화면이 화려하게 펼쳐진다.
여러 아이콘과 폴더로 치장되어 있다.
원하는 작업을 위해 해당 아이콘을 클릭한다.
새로운 창이 뜨면서 진짜 목적을 이룬다.
작업을 마친 후 시스템을 종료하니 바탕화면이 사라졌다.

컴퓨터를 통해 작업을 수행하기 위해선 특정 프로그램을 실행해야
한다.
전원을 켠 후 보이는 첫 화면은 잠시 보이는 겉모습일 뿐, 꾸미거나
변화를 준다고 해서 원래 하고자 했던 기능이나 목적에 영향을 주지
않는다.

우리는 수많은 사람과 어울려 살아간다. 생김새는 모두 제각각이다.
사람의 눈이 2개씩이나 있다 보니 겉모습을 통해 좋고 나쁨이 먼저
느껴질 수 있다.
그러나 거기에 너무 얽매이지는 말자. 그 안에 있는 속을 들여다보자.

그게 진짜다.

바탕화면

우리 같이 해보자.
서로 힘을 합치면 해낼 수 있을 거야.
자! 동시에 들어보는 거야.

더 이상 외롭지 마.

함 그리고 께

안녕하세요? 여러분의 한 번뿐인 여행을 응원합니다.

이빈 니앵는 특별 이벤느노 무뇨이시만, 코스가 나소 꼭샵압니나.

좋은 코스와 나쁜 코스가 섞여 있는데요. 그 살벌한 코스는 이렇습니다.

행복, 눈물, 사랑, 공허, 감사, 외로움, 감동, 가난, 편안, 두려움, 화목, 걱정, 희망, 공포 등 많은 코스가 준비되어 있습니다.

대부분 선택 관광이 아닌 필수이며, 여러 가지 변수로 인해 코스는 언제든지 변경되거나 중복될 수 있음을 항상 기억하시기 바랍니다.

기존의 몇몇 여행객이 이 변수에 상당히 혼란을 느껴 다소 어려움을 호소했지만, 가이드의 안내에 따라 시간을 적절히 배분하신다면 아마 자유로운 여행이 되실 거라 생각합니다.

생각보다 짧으니 많이 즐기시고, 좋은 사람들과 사진도 많이 찍고 얘기도 나누면서 아름다운 추억을 만드십시오.

자 그럼, 이번 여행을 함께 할 가이드를 소개합니다.

가이드는 바로,

여러분 자신입니다.

패키지여행

들어오고
나가고
들어오고 나가고

요금은 내지 말란다.

오늘따라 많이 막히네.
그래, 쉬엄쉬엄 가자.

숨

한강을 가로지르는 다리가 많다.
삼실내교, 만포내교, 원효내교 뿐뿐.
기준에 따라 약간의 차이가 있지만, 대략 30개 정도 되는 것 같다.
윗동네와 아랫동네를 연결하는 소중한 통로.

둘 사이의 관계를 이어주는 아주 훌륭한 역할을 맡고 있는 다리.

하지만 결코 이을 수 없는 다리가 있다.

웬만해선 세우지 말자.

맨날 비교

박치쯤이야.
음치 정도도 괜찮아.
길치도 문제없어.

염치 있으면 더 좋지.

있어도 좋아

꼭대기까지야 가면 좋겠지만
그디 아니하니나도 낸낳나.

꼭 거기서만 정상적인 생활이 가능한 건 아니다.

정상

기온과 관계없이 일정한 체온을 유지할 수 있는 동물이 있고
외부의 온도에 의해 체온이 변하는 동물이 있다고 한다.
각각 정온동물, 변온동물이라고 부른단다.

사람은 전자. 땀을 흘리거나 옷을 따뜻하게 입음으로써 날이 춥건
덥건 정온을 유지할 수 있는데, 그만큼 에너지가 소모된다고 한다.
하지만 후자는 스스로 체온 조절이 잘 안 되어 주위 온도가 낮아지
면 몸이 둔해지고 활동도 제대로 할 수 없다고 한다. 그래서 개구리
는 추운 겨울엔 잠을 잔단다.

인생이란 그리 만만치가 않다.
정온동물답게 힘들고 어려운 상황에서도 다시 일어나야 한다. 많은
에너지가 필요하다.
삶의 찬바람 앞에서 인내와 절제가 필요하고, 때로는 희생과 아주
쓴 눈물을 요구할 때도 있다.
하지만 너무 가혹한 어떤 날은 힘도 못 쓰고 무너지는 변온동물이
되기도 한다.
괜찮다. 다만, 너무 길지 않은 시간 안에 우리의 타고난 조절 기능으
로 '본래'를 회복하자.

그래도 가끔은 긴 겨울잠을 자는 개구리가 부러울 때도 있다.

반반 섞으면 어떨까?

정온동물

애, 오줌 마렵니? 얼른 화장실 가서 누라.

잘 안 나와요

그럼
쉬~

도서관에서 정숙이가 자주 말한다.

"사람에겐 가끔 쉬가 필요해."

쉬

안 보입니다. 잘 안 보이네요.

쓰윽.

보이네요. 너무 잘 보입니다.
세상과 눈 사이에 커튼을 하나 달았더니 보인다.
가렸으니 더 안 보일 법 한데 오히려 더 잘 보인다.

아주 가끔은 작은 허물 정도는 덮어주고 가려주면 더 진한 향기를
맡을 수 있다.

옛날엔 미처 몰랐는데 이제야 알 것 같다. 이건 뭐지?
(나이를 먹은 거다.)

안경

잘 먹고.
찔 사꼬.
잘 지내고.

이거면 충분.

STOP!

쓰리 고

난간에서 봤다. 기대면 위험할지 모른다는 경고.

지하철이나 엘리베이터에서도.

엄밀히 따지면 상황에 따라 잠깐은 기대도 되는, 하지만 계속 기대고 있으면 난간이 부서지거나 갑자기 문이 열리는 등 큰 사고가 유발될 수 있다는 것이다.

고난이라는 반갑지 않은 손님이 우리의 삶을 두드릴 때, 누구라도 힘이 드는 건 당연하다.

혼자서 애써 보지만, 극복하기 어려울 때는 타인의 도움도 받아야 한다.

하지만 지나치게 작은 것까지 습관적으로 다른 사람에게 의존하다 보면 스스로 살아가는 힘이 약해진다. 그것은 결국 자신의 성장을 더디게 하는 요인이 될 수 있다.

도움을 바라는 것, 전혀 나쁘지 않다. 서로 도우며 사는 건 보기에도 좋다.

다만 할 수 있다면 스스로 부딪혀 보자.

문득 내 아들에게 꼭 말해주고 싶다.

"아빠에게 기댈 생각 말고 네 힘으로 살아야 한다."

아내에게만은 늘 기대고 싶다.

기대지 마시오

아! 쉽다 쉬워.

이것도 쉽고 저것도 쉬웠다.
지나고 보니 다 쉬웠다.

근데 왜 항상 후회가 많을까.

아쉬움

어제가 오늘이었는데
오늘도 오늘이네.
내일이 오늘이라면.

오! 늘 오는 거였네.

안 올 수도 있을까?

오늘

울고 있을 때   (이제 그만 울라고 속삭인다)

그때 정말 좋았는데   (과거를 재생해준다)

이걸로 할까 봐요.   (아까 그게 더 좋나?)

가끔은 서로 열띤 토론도

혼자인데 혼자가 아닌 것 같은

너, 거기 있니?

생각

머리, 몸통, 다리로 이루어진 동물이 나왔다.

일단 입히자.　　　　　　　　　－ 의

먹이고　　　　　　　　　　　　－ 식

재우고　　　　　　　　　　　　－ 주

머리카락과 손톱도 잘라주고　　－ 미용

고장 나면 손봐주고　　　　　　－ 의료

나르고　　　　　　　　　　　　－ 교통

가끔은 느끼자.　　　　　　　　－ 문화·예술

모아야 산다.　　　　　　　　　－ 금융

싸우려면 말려야　　　　　　　　－ 법

불이라도 나면　　　　　　　　　－ 소방

속도 만져줘야　　　　　　　　　－ 심리

쓸모없으면　　　　　　　　　　－ 장례

말고도 엄청날 테지.

비슷한 구성에 다리가 6개인 곤충보다 다리 개수가 많이 모자라지만,
세상을 움직이고 지배할 수 있는 만물의 영장이 바로 사람이다.

당신은 언어를 쓰고 도구를 사용합니까?

나는 사람이다

지난주 마트에서 이것저것 장을 보고 카드로 긁었다.
오늘은 오랜만에 새태시상 반 어거.

안쪽에 자리가 없었나 보다.
사람도 다니지 않는 좁은 골목에서 허리 굽은 할머니가 작은 대야에
상추를 놓고 고객을 기다린다.

저절로 발걸음이 갔다.
상추를 받고 5천 원을 건네니 4천 원을 돌려주신다.

"아이고 총각 고마워요."

뭔가를 정말 산 것 같다.

그리고 많이 어려졌다.

총각

34

급하게 집을 나선 어느 아침,
날이 밝자 발을 감싸고 있는 신발 녀석의 생김새가 서로 묘하게 다르다.

점심시간, 내가 집은 젓가락의 키 차이가 엄청나다.

저녁에 벗은 양말마저 한쪽은 얼룩무늬. 회식이라도 했으면 어쩔 뻔.
(그렇다고 맨발로 앉기에는….)

지금 보니 아내도 애초부터 나랑 다른 사람.
그래도 짝이 되어 살아간다.

짝짝이

간이나 신장에 문제가 크게 생기면 다른 사람의 장기를 받기도 하는데, 이를 이식이나 한다.

타인의 장기가 내 몸속에서 기능을 수행한다면 상관이 없지만, 역할을 못 할 경우 거부반응이 일어날 수 있다.

요즘에는 의학의 발달로 약물을 사용하여 그 거부반응을 없앨 수 있다고 한다.

우리의 삶에서 떼어 놓을 수 없는 것 중 하나가 대화이다.

서로 알아가기도 하고, 감정을 공유하는 등 아주 놀라운 역할을 한다.

좋은 대화는 서로를 더욱 친밀하게 하지만, 나쁜 대화는 서로에게 거부반응을 일으킨다.

보이진 않지만 이식이 이루어지고 있는 순간이다.

항상 좋은 대화만 있으면 좋겠지만, 가끔은 본의 아니게 실수를 할 때도 있다.

상대방이 기분 나빠할 그 순간, 얼른 약물을 투여해야 한다.

그 약물은 미안함이다.

진심 어린 사과를 통해 상대방으로 하여금 거부반응이 일어나지 않도록 하는 것이다.

적절한 사과와 용서는 우리의 삶을 더욱 풍요롭게 할 것이다.

하지만 막상 실행하기 어렵다.
삶이 그렇게 생각처럼 되지 않다는 거.
배려와 이해가 끊임없이 필요한 부분이다.

너무나 유명한 속담이다.
가는 말이 ○○○ 오는 말이 ○○.

정답은
우리가 늘 시작해야 할 말이다.

보이지 않는 이식

"주먹 꼭 쥐며 세상을 다 갖고야 말겠어." 했다가.

"가위로 조금만이라도 떼야지." 하다가.

"손 쫙 펴고 그냥 가네. 안녕!" (흔들지도 못한다)

멋진 게임이었구나.

묵찌빠

가끔 가는 헬스장 안에서 글귀를 하나 보게 됐다.

아령이 모여 있는 공간인데, 사용한 다음 제자리에 가져다 놓으라는 문구다.

불특정 다수가 이용하는 만큼 서로 협조해 달라는 당부의 의미.

사람은 태어날 때 육체를 가진 모습으로 나와 평생을 살아간다.

생겨난 육체는 무작정 두는 게 아니라 나름 신경도 쓰면서 튼튼하게 잘 관리해야 오래도록 사용할 수 있다.

때가 되어 심장이 뛰기는커녕 기어가지도 않을 정도로 기능을 소진하면 육체는 흙으로 돌아간다. 거기가 우리가 출발했던 곳이다.

잘 이용했으니 다시 제자리로 돌려보내는 것. 그래야 불특정 다수가 또 살아간다

> 너는 흙이니 흙으로 돌아갈 것이니라.
> 〈성경〉

하루 종일 출발지로 돌아갈 시간(퇴근)만 기다린다.

사용 후 제자리에

그게 문제라면,

사나니 ~~먹어버리자~~.

맛은 쓸지도 모르나 영양이 풍부해서 삶이 달라질지도 모른다.

마음먹기

고난의 연속

지쳤다.
힘들었다.
고통스러웠다.
외로웠다.

나중에 큰 힘이 되겠지.
좋은 경험이었다.

다른 이름으로 저장

미끄러지며 식판에 가득 담긴 음식으로 샤워한 흰옷 입은 어느 날.
콩이가방 ▓이 ▓터니 그 궁색으노 심싯▓▓이 끝나신 시하실 인
에서.
수업 중 잠시 조는 사이 꾸게 된 악몽에서 괴성을 지르며 깨어날 때.

그 자리를 간절히 벗어나고 싶은 순간,
차라리 한 마리의 새가 되어 날아가 버릴 수 있다면 얼마나 좋을까.

그래도

창피한 게 어때서.
민망하면 좀 어떻나.

새보다는 사람이 낫지.

새로 고침

땅!

달리기가 시작되었다.

첫 번째 주자 - 출발은 느렸다. 곧 따라가긴 하나 여전히 느리다.

두 번째 주자 - 빨라지긴 했으나 의외로 잘 넘어진다.

세 번째 주자 - 아주 빠르게 잘 달린다.

네 번째 주자 - 제법 빠르다 하지만 힘이 점점 빠지고 있다.

다섯 번째 주자 - 끝까지 최선을 다하며 안간힘을 쓴다.

여섯 번째 주자 - 어디서 힘이 생겼는지 악을 쓴다.

일곱 번째 주자 - 조금 뛰었다가 나중에는 걸어서라도 간다.

……

마지막 주자 - 보통은 마지막이 제일 빠를 것 같은데 정반대다.

결승선을 겨우 통과하긴 했지만 상금은 아무것도 주어지지 않았다.

첫 번째 주자인 10대 소년부터 마지막 주자까지 모두 한자리에 모였다.

무엇이 문제였고, 누가 제일 잘못했는지 서로에게 책임을 물으려 했다.

그러나 그 누구도 입을 못 열었다.

잠시 후, 마지막 주자가 입을 열었다.

"후회스러운 시간은 없었다. 늘 최선이었다."

서로 아주 많이 닮은, 또 다른 자신을 바라보며 격려하기 시작했다.

계주

Who - 나는
When - 지금
Where - 이 세상에서
What - 인생을
How   - 잘
        살려고 한다.
Why   - 왜?
사는 이유라. 도대체 왜.

그것을 알려고 세상에 나왔다.
그리고 살면서 알게 되었다.
세상을 만든 주인이 나를 이 세상에 초대하셨다.
난 그분을 기쁘게 하기 위해 그가 만든 구석구석을 마음껏 누린다.
그리고 죽으면 다시 그분의 품으로 돌아간다.
우연히 생긴 파편이 아니었다.

이유 없이 막 던져진 게 아니었구나.

육하원칙

힘 no인.
유혹 no인.
아무래도 꿈과 희망도 no인.

아침잠마저 no인.

노인

버스나 지하철을 탈 때 갈아타는 경우가 있다.
가까운 거리는 누가 효율이 없는데, 낭싸도 이어 가는 느낌이 들어
기분이 좋다.

우리가 만나는 현실에서는 항상 좋은 일만 일어나지 않는다.
속상한 날도, 눈물 나게 아픈 날도 많다.
용기를 내라는 격려의 소리도 있으나 잘 들리지 않는다.
그렇다고 고난이 들이닥치지 못하도록 24시간 철통 경계 할 수도
없다.

힘이 많이 들겠지만 어떠한 상황도 일단은 받아들여 보자. 조금이
라도.
그리고 할 수 있는 최선의 방법들로 어떻게든 버텨보자.
필요하다면 취미도 만들고, 여행도 떠나고, 맛있는 것도 먹자.
억지로라도 그렇게 해서 나쁜 생각이 마음속에서 오래 머물지 못하
도록 만들자.
각서라도 쓰자. 내 마음에 상처가 오래 머문다면 그 마음에 장을 지
지리라.
몽땅 잊을 수는 없겠지만 조금씩 치유가 될 것이다.

행복역까지는 생각보다 가까워서, 공짜로 갈아탈 수 있다.

무릇 지킬만한 것보다 더욱 네 마음을 지키라
생명의 근원이 이에서 남이니라.
〈성경〉

마음이는 환승합니다

혼자서는 아무것도 아니다.
쌔랫이비ㅗ ㅗ용없ㅣ.
처다보지도 않는다.

왼손에 친구 하나를 데려왔다.

많을수록 장난이 아니다.

0

건물 내부나 식당 내부 등 일반인의 출입을 제한하며 직원들만 입장이 가능한 구역을 종종 볼 수 있다.

비행기 역시 예약 등을 통해 자리를 배정받아야 탑승이 가능한 것처럼, 사람에게 있어서 소속, 관련, 대상, 예약 등 무언가에 합류가 가능하다는 의미는 매우 중요한 부분이다.

관계되지 않는 사람은 들어갈 수 없다는 것이다.

모든 관계가 다 중요하기에 어느 하나 소홀히 할 순 없지만, 가장 많이 신경 쓰며 우선시해야 할 관계가 있다. 바로 예수님과의 관계이다. 훗날 천국의 문 앞에서 출입 여부를 헤아릴 때, 그분과의 친밀함이 없이는 입장이 불가능하다.

혹시 근무자의 업무 착오로 나를 몰라보더라도,
"관계자인데 왜 출입을 금지하나요?"
이렇게 당당히 말할 수 있어야겠다.

얼른 회원가입부터 하자.

관계자 외 출입금지

가슴이 너무 아플 땐 아랫집도 함께한다.

콧물

사람들 곁에는 두 친구가 함께한다. 공간이와 시간이.

시간이는 바빠서 자리를 비울 때가 많았다.
시간이가 없는 날이면 사람들은 더 열심히 움직였다.

공간이는 한가한 날이 많아 대부분을 사람들과 함께했다.
하지만 사람들은 공간이가 있는데도 늘 부족하다며 불평을 앞세웠다.
공간이는 시간이를 약간 부러워했다.

시간이가 자리를 비운 어느 날 공간이 역시 기분전환도 할 겸 잠깐 나가게 되었다.
그걸 모르는 시간이가 여느 때처럼 돌아오려 했지만, 돌아올 공간이가 없어서 오지 못했다.
공간이 역시 나중에 돌아오려 했지만 돌아올 시간이가 없었다.

사람들은 두 친구를 영원히 잃게 되었다.

시간도 없고 공간도 부족할 때가 종종 있다.
미리 연습시키나 보다.

하긴, 이미 훈련 중이지.
오늘 밤도 눈감고 눕는다.

죽음

보고 싶다. 너의 모습(딱 한 번만이라도).

들키고 싶지 않다. 나의 마음

분명 어딘 가엔 있다. 내 짝.

혼자가 아니다.
같은 처지인 이들이 많다

목표가 안 보인다고 쉽게 포기하지는 말자.

침묵이 필요할 때가 있다.

빨리 찾고 싶다. 나만의 장점.

의심은 하되, 성급한 판단은 금물.
나 혼자 오해할 수도 있다.

이 길이 아닌 것 같으면 재빨리 돌리는 것도 지혜.

주어진 환경에 불평보다는 감사히 적응하자.

어디까지 온 건가.

돌아가는 길을 기억하고 있어야 한다.

기회가 생기면 때로는 과감함도 필요하다.

목표가 코앞이라도 끝까지 방심하지 말자.

허물이 드러날 땐 받아들이고 인정하자.

숨비꼭질

주 예수를 믿으라.

그리하면 너와 네 집이 구원을 받으리라
〈성경〉

진심입니다

세 녀석이 살아가는 집이 있다.

이들은 모두 고집이 워낙 세서 자신의 방식과 가치관을 따라 정해진 대로만 산다.

그런 그들이 하루에도 수없이 만난다 하니 한 번쯤은 서로 티격태격 할 법도 한데, 이상하게 단 한 번도 싸운 적이 없다.

오히려 자신 때문에 다른 이에게 방해가 될까 스스로 조심까지 한다.

더욱이 누군가가 힘들어 주저앉으면 그 걸음을 함께 멈추고 돌아본다.

절대 혼자 먼저 가는 법이 없다.

무엇이 이들을 조화롭게 만들었는가?

증가 수음이 없었다

신분이 다르고 아무리 성격이 제각각이라 할지라도 다른 사람을 인 정하고 배려했다.

자신의 위치를 묵묵히 지키며 주어진 그 자리에서 최선을 다하는 멋 진 모습이, 수 천 년의 세월 동안 어떤 상황에서도 절대 뒤돌아서지 않고 한 방향으로 전진할 수 있었던 원동력이었나 보다

덕분인지 오늘도 열심히 늙어간다.

시계

저만치에 항상 보인다.
그내시 니 그립나.
보고 싶다.
오늘따라 생각이 많이 난다.

찾아갔다.
집을 보니 그대로다.
어디 멀리 나갔나? 한참을 오지 않는다.

보인다고 가까이 있는 건 아닌가 보다.
해처럼.

묘

세상에는 수많은 CCTV가 있다. 특정 위치에 설치하는데 감시, 추적 등의 역할을 한다.
도심의 경우에는 개수도 많아져 생각보다 많은 곳에 분포하고 있다. 물론 감시가 안 되는 사각지대도 많을 것이다.

무언가를 만든 주인은 그 무언가에 매우 관심이 크다.
작동을 잘하는지, 혹 고장은 안 나는지 등.
하나님이 나를 만들어 이 세상에 보내셨다면, 그분은 나에게 관심이 매우 클 것이다.
몇 군데 고정되어 있는 형태가 아닌, 계속 움직이며 따라다니는 그분의 방식으로 말이다.
사각지대가 전혀 없는 가장 완벽한 방법으로, 그 어떠한 상황 속에서도 우리의 삶을 지키고 계시니 모든 걱정은 붙들어 매버리자.

그런 의미에서 지금도 실시간 촬영 중이신 하나님께 '브이' 포즈 한 번 해드리자.

'하트'까지 하면 더 좋다.

이동식 CCTV

많이도 걸려 있다.

나를 가려주기도 하고.
나를 드러내기도 하고.

오늘은 뭘 입나?

옷

정도를 넘어서지 않는 감각이 요구되는 시대이다.

그러기에 기준과 원칙을 지키는 직각의 삶은 사회는 물론 사람 간 질서를 유지하게 한다.

때로는 어울리는 삶을 위해 좋지 않은 습관은 스스로 깎아내는 조각의 과정도 필요하다.

그래도 가끔은 지각의 여유를 부릴 수도 있다.

언제든지 착각할 수도 있다.

이해와 배려를 통해 좋은 시각으로 바라보자.

혹 은혜를 입었으면 웬만해선 망각하지 말자.

날이 밝아 새로운 날이다.

오늘은 한번 두각을 나타내 볼까나?

점심때는 삼각김밥이나 먹을까 생각 중이다.

각

1, 2, 3, 4, 5, 6, 7, 8, 9, 10, 11, 12….
너무나 많이 있네.
멀리 있는 줄 알았는데, 바로 다음이다.

3(삶) 다음에 4(死),

세상은 이미 모든 것을 우리에게 알려주었다.
아주 일찍.

숫자

어쩌다 태어나 눈을 뜬다.

건강한 이가 있고, 아픈 이가 있다.

배부른 이가 있고, 배고픈 이가 있다.

언제, 어디에 태어나, 어떤 식으로 살 거라는 의도 없이 눈을 떠 보니 각자 선택받은 울타리가 있었다.

어느 날 스스로를 '나'로 여기면서 그 타고난 환경 안에서 저마다 노력하며 삶을 더욱 견고히 이어간다.

지금의 모습에 이르러 옆을 한 번 둘러보니 업적과 소유의 크기로 나뉘는 현실 속 우리를 보며 비교를 한다.

무작위로 정해지는 타고난 상황. 그 후 우리가 기울인 노력에 더 좋고 나쁨의 의미가 있을까.

그저 내가 더 가졌다면 덜 가진 자에게 나눠주는 가진 자의 모습으로 살아가는 것일 뿐.

어쩌면 우리는 모두 평등한 존재. 그렇기에 절망할 의무도 없고, 무시할 권리도 없다.

현실에서 인정하는 건 쉽지 않지만, 직업에 귀하고 천함이 없는 이유와 같다.

표현하기가 조금 어렵다.

어느 날 눈 떠 보니

아침.
점심.
저녁.
아침.
점심.
저녁.

어제오늘 내가 먹은 것들.

안 늙을 수가 없구나.

나이

잠깐은 고통스럽다.
괴롭고 외로운 시간이겠지.
시원한 냉수가 매우 그리울 테지만, 누구 하나 건네주지 않는다.

어느덧 찬물 샤워를 마치고.

인생의 낭떠러지로 추락해도 상처가 조금 날 뿐 결코 흐트러지지 않는다.
만약 그 연단의 과정이 없었다면 그대는 힘없이 부서지리라.

삶은 삶음의 시간이 필요하다.

삶은, 달걀

오른손과 왼손.
오른발과 왼발.
눈.
귀.
콧구멍마저도.

처음부터 쌍이었다.
"왜?"
서로 필요할 때가 있어.

원래는 하나였는데 하나 더 주기도 해.
"그건 뭔데?"
신랑, 신부 입장!

반값이라
반갑구나.

원 플러스 원

바람 너는 다 알지.
공기 너도 알 거야.

누가 울고 있는지.

그래도 아무한테나 말하면 안 돼.

침묵

천국에서 입주자 모집 공고를 냈다는 소식입니다.

땅에서 기존 주택 유무, 청약 가입 여부 등의 세한 없이 누구나 신청이 가능하다고 합니다.

모집 인원은 정함이 없어서 경쟁이 필요 없고, 신청만 하면 무조건 100% 당첨이라고 합니다.

마감일은 있지만 알려진 바는 없습니다. 그러나 시간이 그렇게 많이 남아 있는 것 같진 않습니다.

다만 분양을 받으려면 한 가지 중요한 자격이 필요한데요.

죄의 문제를 해결하기 위해 십자가에 죽으시고 부활하신 예수 그리스도를 구주로 영접해야 한다고 합니다.

아쉽게도 당첨의 문제가 아니라, 아예 신청을 안 하는 게 가장 큰 안타까움이라고 분양회사는 전하고 있습니다.

견본주택(모델하우스)의 위치는 주변에서 볼 수 있는 교회인데 상시 운영된다고 하네요.

천국을 미리 경험하실 수 있다고 하니 꼭 한번 방문해보시면 좋겠습니다.

P.S.

Q : 만약 분양을 못 받으면 어떻게 되나요?

A : 안 됩니다. 무조건 받아야 합니다.

역세권, 학세권도 대단했다.

하지만 이제는 더 위대한

주세권!

주님과 가까이 있을수록 좋지.

분양 공고

(리모컨 Power ON)

맛있는 음식을 먹는다.

공부를 한다.

게임을 하며 승부를 건다(괜히 긴장).

잠을 잔다.

운동을 한다.

요리를 한다(우리 집에서 가능할지).

차를 마시며 수다를 떤다.

노래를 부른다(따라 했다가 베개 날아온다).

사랑을 하고 결혼을 한다.

회사에 입사한다.

앗, 야릇하다(무호흡 중).

다쳐서 아프다.

외식을 한다(어제 했는데 또).

이별을 하며 눈물을 흘린다.

상 받고 기뻐한다.

옷을 산다.

화를 내며 다툰다.

청소를 한다(해야 하는데).

술 한 잔 마신다.

여행을 떠난다(부럽다).

이사를 한다.

음악을 들으며 책을 읽는다.

마트에서 장을 본다.

와, 인생이다.

TV 채널

해가 쨍쨍 비추는 날엔 월화수를 목금토에 심어 보자

하늘에서 가끔 물도 뿌려줄 테다.

잘 가꿔야 할 텐데.

인생 나무

부모는 자녀를 낳아 키워준다

자녀는 어른이 되어 그들의 자녀를 낳고 동시에 키워준 그들의 부모를 살핀다.

그들의 자녀가 자라 다시 자녀를 낳고 동시에 부모(아까 그들)를 살핀다.

그 자녀가 다시 자녀를… (그만!)

끌어주고, 끌려가고, 끌어주고, 끌려간다.

본인의 출생과 사망신고마저 다른 사람이 해줘야 하는,
인생은 뒷바라지의 연속.

견인지역

찜질방에서 열심히 땀을 뺐더니 목이 말라 식혜를 주문했다.
한 모금 들이키고 삼시 수있더니 선너기는 가라앉고 위는 밝게 나뉜다.

사람은 영과 육체로 이루어져 있다.
그에 반해 동물(사람 제외)은 영이 없다('혼'이라는 영역은 빼겠다).
동물과 사람의 차이는 많이 있겠지만, 결정적인 차이는 죽으면서이
다. 동물에겐 영이 없기 때문에 육체만 흙으로 갈 뿐이다. 사람의 경
우 육체의 목적지는 동물과 동일하나 영은 천국과 지옥 중 한 곳으
로 가게 되어 있다. 이것이 바로 문제인데, 보통 문제가 아니다.

천국이면 더할 나위 없이 좋겠지만, 만일 지옥이라면 초비상사태다.
식혜처럼 다시 섞을 수도 없다.
지금까지 경험해 보지 않은 엄청난 여정, 죽지도 않고 고통을 받는
시간의 무한 반복.
예수님을 믿든 안 믿든, 어차피 흙으로만 끝나는 동물에겐 상관이
없다.
설사 강아지가 멍멍하다가 갑자기 '아멘'을 한다 해도 천국에 갈 순
없는 것이다(물론 동물의 믿음의 시도를 본 적은 없다).

그러나 인간은 다르다. 영이 있기 때문에 어딘가는 무조건 가야 한다.
그렇기에 사람으로 태어났다면 반드시 예수님을 믿어 천국을 가야
한다는 것이다.
사람이 지옥에 갈 바에야 차라리 짐승으로 태어난 게 어쩌면 더 나
을 뻔했다는 의미이다.
지옥의 고통이 엄청나기에.

한 번뿐인 인생. 제조 일자는 이미 표기되었다.
다만 인생의 유효기간은 표시가 누락되었다. 그래서 빨리 미래를 준
비해야 한다.

예수님 믿지 않고 그냥 착하게 살면 안 되나?
순하고 착한 동물도 많다.

짐승만도 못한

엄마 다녀왔습니다.

시꾸요.

나도 왔소.

모두 일찍 왔네?

진짜 피를 나눈 전우회

3주 차를 시작했다.

사격.
긴장되는 순간이었다.
태어나서 처음으로 진짜 총을 쐈다.
실탄 18발. 이름하여 영점사격.
총소리가 굉장히 컸다. 문득 전쟁의 무서움을 실감했다.

오늘 하루 참 힘들었다. 정신적으로든 육체적으로든.
저녁에 목욕을 했다. 내일도 계속해서 사격을 할 것이다.
힘을 내자! 870기 파이팅!
픽슝!

훈련병 시절,
어느 날의 일기

몸만 왔다 몸만 간다.
급하게 나른 사님에게 넘겼다.
차익은 없어 보인다.

아, 참!

소유권이 있기는 했던가?

양도세 0원

'돌아가신다.' 한다.
가만히 있어도 원래 역으로 데려다주는 서울의 지하철 2호선처럼.
사람으로 태어나 인생의 순환선에 몸을 맡긴 체 이런저런 역을 지나
한 바퀴를 돌고 나면, 다시 왔던 데로 돌아온다.

급행도 종종.
뭐가 그리 급했을까.

인생의 끝자락.
벌써 한 바퀴를 돈 건가? 아니면 그냥 가만히 있었나?
허무하게 헷갈리네.

순환선

여기저기 시끄럽다.

생긴 거는 작은데 소리는 컸네.

소음

예상대로다.
만날 수도, 마주 볼 수도 없어 보인다.
남극과 북극처럼.

어느 날 한쪽이 녹기 시작하는데, 알고 보니 반대쪽도 녹고 있다.
약속이나 한 듯이 녹아내린 양마저 똑같다.
잠시 후 동시에 멈추기까지.

서로 못 보는데 언제 연락을 주고받은 걸까?

어떤 날은 폭포처럼 쏟아지다
너무 뜨거웠나 보다.

눈물

식탁에 자주 등장하는 녀석 중 하나가 김치다.

김치를 만들 때는 배추는 물론 고춧가루, 새우젓, 마늘, 생강 등 여러 재료가 필요하다.

뭉친 양념 연합군은 하얀 배추를 물들인다.

완성된 김치는 그렇게 한 식구가 되어 우리 곁에서 함께한다.

삶을 무엇으로 물들일 것인가.

돈으로 입힐 수도 있고, 지위나 명예로 물들일 수도 있다.

무언가로 물들 인생 앞에 양념의 더 좋고 나쁨을 겨루는 건 큰 의미가 없다.

어차피 수명이 다하면 끝난다.

그러나 한 가지, 아주 의미 있는 특별한 양념이 있다.

시간이 흘러도 변하지 않는 고급 재료들로 엄선한 최고의 연합군 소스!

바로 성경이다.

하나님의 말씀으로 우리의 삶을 버무려야 한다.

허약한 생각을 변화시켜 튼튼하게 하고 훗날 천국에서 장수할 수 있게 해준다.

하지만 사람은 실수가 많은 존재이다 보니 한 번 버무린다고 숙성되지 않는다.
성경을 우리 곁에 항상 두어야 하는 이유이다.

평생이 늘 김장철이다.

김장

새해 복 많이 받으세요.
복 디시세요.
복이 굴러올 거예요.
복 나눠 드립니다.

겹쳐도 다 허용하는 걸로.

중복

언제 일어나려나.
많이 피곤했나 보다.
꿈쩍도 않네.
벌써 몇 년째.

이렇게 적응을 못해서야.

차라리 내가 적응해버리는 게 더 빠르겠다.

시차

1번 출구 폐쇄.
2번 출구 폐쇄.
3번, 4번도
전 출구 폐쇄.

아니 그럼 어떻게 나가라는 건가요?
너무 숨 막힌단 말이에요.

그냥 사는 거지 뭐.

나가는 곳

또 당했다.

미리 알 순 없을까?
맨날 후회만 하니.

영어사전에 나와 있을까?
일본어 사전?
아니면 제일 머릿수 많은 중국어 사전?

여기는 대한민국이니 국어사전이려나?

사전 준비 위원회

감기 걸리지 않게 꼭 덮고 자렴.

세상에서 무서운 뭔가가 찾아와도 속에 있으면 안전해.

엄마 품 같다.

이불

창조주 하나님이 인간을 위해 십자가에서 죽으시고,
부활하심으로 죄인 된 우리가 구원과 영원한 생명을 얻게 됐다는
이 이야기는
진짜 있었던 실화입니다.

맞으면 O. 틀리면 X.

X?
X!

OX 퀴즈의 최고봉

보고 싶은 사람에게.

시간이 쾌나 흘렀지만 함께함이 아직도 엊그제 같네요.
그립습니다.

항상 잘 지내기를 바랄 뿐입니다.

이렇게라도

세계 최초 4행시 버전

에(예) 수님!

필 요로 하는 무리에게 이 책이 꼭 읽히게 하소서.

로(노) 벨 문학상은 바라지 않습니다.

그 거면 충분합니다.

| 2 부 |

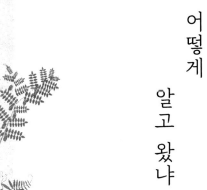

어떻게

알고 왔냐

마음속에 집어넣기만 했나 보다. 꽉 차서 조금 비워야 했다.

버리기는 아깝고 어디에 덜어낼까 고민하다 써보기로 했다. 다만 글이라는 표현의 한계로 여기에 다 담을 순 없다.

이 사건은 두 사람에게 일어난 일인데, 안타깝게도 한 사람은 그일에 대해 기억을 못한다. 오로지 한 사람의 눈으로 본 거다. 다른한 사람의 눈이 몹시 궁금한데, 물어볼 수가 없다.

엄마를 가만히 안고 있으면 잔잔한 숨소리가 들린다.

세상에 수많은 소리가 있지만, 유일하게 가슴에서 나오는 '그 소리.' 몸은 늙고 병들었지만, 여전히 아들을 향한 그리움과 끝없는 사랑이 담겨 있는 소리다.

어떻게 살아야 한다는 훈계나 특별한 가르침은 없었다.

그저 '그 소리'를 거칠게 내며 먹이고 재워주셨을 뿐인데, 이미나는 다 배운 것 같다.

큰 전쟁이나 화산 폭발 등의 대재앙을 겪은 것도 아닌데 아주깊은 슬픔에 빠져 있던 나였다.

치매라는 이유로 엄마를 요양원이라는 반갑지 않은 둥지에 무심
히 둬, 불효를 저질렀다는 마음에 가슴속에서 요동치는 삶의 공허함
과 슬픔의 한복판에서 눈물로 많은 시간을 보냈다.

하나의 선택이 삶의 많은 부분을 결정하는 시간 속에서 끊임없
는 고민과 배운 적 없는 괴로운 선택을 이어갔다. 그러함에도 삶
은 계속 흘러갔기에, 오직 하나님을 의지하며 순간순간의 선택이
그저 최선이기를 바라면서 어떻게든 삶의 균형을 유지하려 애를
썼던 것 같다.

엄마를 위한 모든 몸부림은, 어쩌면 결국 나를 위한 것.

그러다 어느 순간, 모든 것을 초기화하는 엄마의 한마디.
"어떻게 알고 왔냐?"

양심의 가책과 죄책감을 조금이라도 떨치기 위해 달려왔던 지난
시간.

기억하지 못하는 것이 차라리 너무 고맙고, 모든 고통이 날아가
는 기분이다.

치열했던 그간의 내 노력보다 엄마의 그 한마디가 나를 웃게 만
든다.

글을 쓰면서 머릿속으로 항상 생각했던 것은, 사실 나는 아무것
도 아니라는 것.

세상에는 내가 처한 것보다 더 힘들고 어려운 극한의 상황이 정

말 많을 것이다.

　깊은 골짜기에 빠진 것 같은 수많은 사연에 비하면 턱없이 작고 초라하지만, 나와 엄마의 조금은 가슴 시린 이야기를 풀어보려고 한다.

　무엇보다 괴로움을 늘 되새김질하며, 오랜 슬픔과 캄캄함에 빠져 있던 내 삶을 빛내고 윤택하게 해주신 하나님께 감사드린다.

　모든 영광을 하나님께 돌린다.

만남

드디어 토요일이다.

그렇게 목이 빠지게 기다렸던 토요일, 시간이 가긴 가는구나.

세월이 엄청 빠르다고 하는데 전혀 와닿지 않는다. 너무나도 느리게 간 그 답답한 시간을 기어코 다 보내고, 마침내 토요일 아침. 성급히 차 시동을 켜 그곳으로 달리기 시작했다.

아무 생각이 없다. 그저 얼른 가야만 한다는 생각뿐이다.

익숙한 길이 아니다 보니 내비게이션이 시키는 대로 따라간다.

창 너머로 산과 집들이 내 뒤로 천천히 지나가는 게 느껴진다. 그들이 많이 지나갈수록 목적지에 가까워질 것이다.

한 어르신의 모습도 스쳐 지나간다. 외투를 걸치고 일상을 시작하는 것 같다. 늘 그러했듯 오늘도 어제와 비슷한 일을 하시겠지.

내 인생과는 상관없지만 늘 자기 자리를 지켜온 자연스럽고 당연한 풍경들.

하지만 왠지 낯설다. 아니, 낯섦을 넘어서 너무나 차갑고 잔인한 느낌이다. 마치 내가 사는 세상이 아닌 다른 세계로 들어가고 있는 것 같다.

그리고 이어지는 머릿속 덩어리들. 원망과 후회, 서글픔, 속상함.

내가 부른 것도 아닌데 생각의 틈 사이를 뚫고 급격하게 피어오르는가 싶더니, 빨간 불 앞에서 차를 멈춘 후에야 당황한 듯 주춤한다. 하지만 그것도 잠시. 창밖을 잠깐 본 게 방심이었을까? 어느새 그 덩어리들이 머릿속에 꽉 차고, 내 마음이 요동치기 시작한다.

빠르게 지나가는 반대 차선의 움직임. 내가 가는 방향보다 유난히 더 많다.

나도 저쪽에 합류해서 가는 게 맞을 것 같은, 아니 그렇게 가고 싶은 마음.

하필 내가 가는 방향이 동쪽이라 떠오르는 해와 마주 보며 가야 하다 보니 눈부심도 상당하다.

삶의 역주행인가.

어쩌면 안 가도 되는 세상. 대부분이 가지 않는….

그러나 계속 달려야 한다. 거슬러 가야만 한다.

다시 파란 불로 바뀌자 빠르게 발을 액셀로 옮기며 마음의 요동을 애써 달래본다.

그렇게 1시간여를 달린 끝에 도착한 곳.

앞에는 풀도 다 죽은 겨울 들판이 펼쳐져 있고, 들리는 소리도

없다 고요하다

분주함과 긴장, 때로는 힘겨움 속에서 정신없이 돌아가는 1시간 전까지 있던 곳과는 전혀 다른, 멈춰버린 듯한 또 다른 세상. 바깥 분위기에 아랑곳하지 않는 덤덤한 세계.

내 앞에 서 있는 건물 안에 누군가가 존재할 뿐, 소유도, 경쟁도, 미움을 비롯한 그 무엇도 의미가 없다. 그저 인생이 허무함을 말해주며 모든 것이 부질없을 것이라는 위대한 예언만을 반복해서 속삭이는 듯하다.

갑자기 가슴이 조여 온다. 낯설고 전혀 익숙하지 않은 이곳. 내가 아는 사람 한 명이 지금 여기에 있다. 애써 해를 거스르며 달려온 이유이다.

차에서 내려 건물 입구로 다가갔다. 문이 잠겨 있다. 당연히 잠겨 있어야 할 출입문. 필요에 의해 누군가가 닫았을 뿐인데, 마치 내가 잠근 것 같은 속상한 기분이 든다.

깊은 한숨과 함께, 잠시 후 열린 문 안으로 신발을 벗고 조심히 들어갔다. 미끄럽지 않을 텐데도 마치 얼음 바닥을 걷는 것처럼 살금살금 간다.

약간 어둡고 코를 거쳐 폐까지 느껴지는 가슴 시린 냄새와 함께 곧 몇몇 분이 나를 쳐다본다. 누가 왔는지 신경 쓰시는 듯했다. 나는 민망하기도 해서 먼저 작은 목소리로 "안녕하세요." 하고 천천히 인사를 건넸는데 그냥 쳐다만 볼 뿐이다. 어색하다.

서둘러 더 안으로 들어갔다. 일주일 전 위치를 떠올려 보지만 똑같이 생긴 문의 연속이라 헷갈려 하던 찰나, 마침 나타난 원장님이 친절하게 안내해준다. 그간 내 생애에 등장하지 않았던 인물인데, 앞으로는 자주 뵐 것 같다.

인생이 캄캄한 와중에 사전 예고 없이 만난 분이라 반갑기보다는 그저 이 순간이 낯설고 두렵기만 하다.

원장님이 안내해주는 어느 방 앞에 멈췄다.

아, 여긴가 보다. 그렇게 가슴 졸이며 애타게 기다렸던 시간이다.

반대편으로 지나간 수많은 차, 스쳐 가는 수많은 산과 집, 일상을 시작하는 한 어르신, 빨간 신호등, 눈이 부심에도 태양을 감히 마주하면서까지 거슬러 와야 했던 토요일의 외로운 아침.

그러나 나는 문을 열지 못했다.

고개를 들지 못했고 입술만 꽉 문 체 움직이지 못하고 있었다.

내가 무슨 일을 벌이고 있는가.
내가 지금.
내가.

다른 사람도 아니고 바로 내가.
무슨 권한으로.

어머니.
엄마.
엄마. 엄마. 우리 엄마.

미안합니다
죄송합니다.
엄마 죄송합니다. 엄마 미안해.

안 되는 거였다.
그러면 안 되었다.
하지만.
어떻게 해야 할까.
어떻게 하면 좋을까.

치밀어 오른다.
죄송함과 분노, 원망, 후회.
정말 최선일까.

그럴 거야.
괜찮아질 거야.
위로한다. 내가, 나를.

분명 손꼽아 기다린 것이 맞지만, 여행 전날 설레어 잠 못 이루던 기다림과는 성질이 매우 다른 가파르고 험난한 기다림. 막상 때가 되니 가슴이 아플 정도로 숨이 벅차고 꽤 가쁘다.

감정의 덩어리를 동시에 터트리는 머리와 가슴의 연합공격에 내가 할 수 있는 방어는 그저 눈물 몇 방울을 훔치고 입술을 단단히

다무는 정도. 상대가 너무 강했다.

　눈을 감고 고개를 숙인 사이, 원장님이 자리를 비켜주셨다.
　눈물을 급히 닦고 방문을 열어 천천히 안을 들여다봤다.
　비슷한 체격의 두 할머니에 이어 익숙한 여인의 모습이 내 시야
에 들어온다.
　벽에 붙어 있는 침대에 얌전히 누워 계신다.
　너무나 잘 알기에, 오히려 너무나 낯선 그 모습.
　누가 후추를 뿌린 것도 아닌데 눈이 너무 매웠다.
　슬프지만 슬퍼하면 안 된다. 지상 최고의 연기를 시작해야 한다.
　한편으론 너무 놀라지는 않을까 걱정도 하며 살짝 부른다.

　"엄마?"
　내가 왔음을 알리려 얼굴을 가까이 내밀었다.
　"오메, 왔나!"
　눈을 크게 뜨며 금방 알아채시곤 반가움에 벌떡 일어나신다.
　엄마는 울지 않으셨다.
　나만 속으로 울었다.

　"밥은 먹었고?"
　"응. 먹었어."
　그 와중에도 엄마는 아들이 밥 먹었는지를 물으신다.
　먹었다는 소리를 들어야만 속이 편안해지는 엄마다.

세상 모든 어머니는 왜 이렇게 자식과 먹는 것이 그렇게 중할까.

옛날에는 너무 못 먹고 살던 시절이라 그게 평생에 한이 되었을 터. 그러니 안 먹었어도 무조건 먹었다고 해야 한다.

그렇게 엄마와 난 다시 만났다.

중학교 졸업 이후로도 상당히 오랜 기간 떨어져 있었지만, 비교가 안 되었다.

우리 엄마다.

엄마를 여기서, 이렇게 볼 줄이야.

이럴 수가.

이게 현실인가.

이제 그래야 하는 건가.

연습해보지도, 상상해보지도 않았던 시간. 누가 가르쳐주거나 따로 배운 적도 없다.

그러나 뭐라도 해야 한다. 그저 최선이길 바라며.

"엄마, 잘 지냈는가?"

"응."

"어디 아픈 데는 없고?"

"응. 괜찮아."

다행히 엄마는 적응하고 계셨다.

이걸 적응이라고 봐야 할지… 어쩌면 시간과 장소의 힘에 굴복한 것이 아닐까.

당신이 뭘 어떻게 하겠는가. 그저 마음이 아프다.

사실 엄마를 잘 알기에 어느 정도 예상은 했지만, 혹시나 하는 우려도 컸다.

어쨌든, 그나마 안심이 되었다.

짧게 주고받은 안부, 그리고 이어지는 정신교육.

물론 전에도 여러 차례 사전교육이 있었다. 오늘도 변함없이 계속된다.

여기 방도 넓고 시설이 너무 좋다.

생각보다 너무 깨끗하다.

집에서 혼자 있는 것보다 이렇게 할머니들과 얘기도 하니 심심하지도 않고 좋을 것이다.

잠도 혼자 안 자고 여럿이 같이 자니 무섭지도 않다.

낮에는 게임도 하고 노래도 부르며 논다.

밥이나 반찬 같은 거 신경 안 써도 알아서 잘 나온다.

설거지며 청소 같은 거 할 필요가 없다.

목욕도 시켜주고 이발도 그냥 해준다.

손톱 발톱 다 깎아주고 이불 빨래, 옷 빨래 등 다 알아서 해준다.

여기가 어디인지, 왜 와 있는지, 집보다 더 좋은 이유 등.

엄마가 행여나 느낄 서운함이 없게, 거부감이 들지 않게, 배신감 같은 지독하게 나쁜 기운이 엄습하지 않게 모든 것이 최고의 상황임을 설명하는 가슴 아픈 세뇌 교육을 이어갔다.

엄마의 눈을 주시하며 나의 한 마디 한 마디에 고개를 끄덕이거나 대답을 하는 모습을 보고 나서야 마음이 조금 가라앉는다.

"그러니 엄마, 아무 걱정하지 말고 마음 편하게 지내도 돼."

제발 마음 편하게.

그 교육은 비단 엄마를 위한 것만은 아니었던 것 같다. 오히려 나를 위한 필수 교육.

'그러니 너도 마음 편히 가져.'

엄마도 나를 이렇게 설득하고 있는 건가.

인생의 노년기, 때아닌 엄마의 단체 생활.

개인행동이 철저히 제한되며, 제반 규정을 준수해야 한다.

내게 있어 고등학교 기숙사 시절과 그 후 이어진 군대 생활은 힘들었지만 좋은 경험이었다. 그리고 그 시간을 참을 수 있게 해준 건, 어쨌든 끝이 있다는 사실이었다.

그러나 엄마는 다르다. 단순히 거쳐 가는 관문이 아닐 수도 있고, 아예 남은 인생을 이렇게 보내야 할지도 모른다. 지금까지 살아온 당신의 생활 영역과는 전혀 다른 곳에서 말이다. 심지어 정해진 기간조차 없다.

엄마라고 예상을 했겠나.

가혹하고 허무한 인생의 끝자락이다.

무슨 생각을 하며 하루하루를 보내실까.

엄마는 이곳을 어디라고 생각하실까. 나를 원망하실까.

엄마는 그러한 기술이 없다. 아니, 할 줄 모르셨다. 아들의 선택에 아무런 저항을 하지 않으신다. 여기가 어디인지는 엄마에게 중요하지 않았다. 그냥 먹고 자며 시간을 보낼 뿐이었다.

물론 처음에는 약간의 거북함과 불안함을 표현하셨다. 그런 엄마의 모습이 지금까지 내 머릿속에 남아 지속적으로 영향력을 발휘하며 나의 삶을 힘들게 끌고 갔다.

엄마의 인생을 단순하게 생각하면, 시설에서의 생활이 그렇게 나쁘지는 않았다. 심심하지도 않을뿐더러 엄마를 더 잘 보살필 수 있는 환경임이 분명했기 때문이다. 우리 집이라고 해서 마냥 좋은 점만 있지 않다는 건 알고 있었다.

그러면서도 여전히 가슴 한구석에는 되돌리고 싶은 나의 마음이 있다. 그래서 끊임없이 고민한다.

'집으로 다시 모시고 가야 할까?'

엄마를 뒤로하고 혼자 돌아가는 길. 다시 눈이 뜨거워진다.

아까 전의 그 연합공격이 다시 시작되는데, 이번엔 융단폭격까지 이어진다.

결국 잠시 멈춰야 했다. 길가에 차를 세우고 아예 시동을 껐다.

그리고 터져버린 나의 통곡 소리.

이번에는 방어하지 않았다. 그냥 실컷 울었다.

차 안에서는 천둥과 함께 장맛비가 오래 내렸다.

바깥은 한적한 시골이라 사람은커녕 구름도 한 점 없었다.

다시 마음을 가다듬고 운전대를 잡았다. 어쨌든 삶을 살아야한다.

어느새 1시간이 지나 있었다.

머리와 가슴의 융단폭격은 그 이후에도 수시로 찾아왔는데, 치사하게도 내가 감정적으로 취약시간인 한밤중이나 새벽에 몰려왔다. 당연하지만, 선전포고를 하는 일 없는 기습공격이었다.

나의 어머니는 현재 요양원에서 지내신다.

이름은 김영희.

태어나신 해는 1936년.

주 병명은 치매.

자녀… **아들 하나**

그 아들이 바로 나다.

설탕을 물에 넣으면 그 물은 달다. 조금 쏟아지더라도, 여전히 달다.

엄마를 향한 마음은 가슴속에 담겨 있다. 그 마음은 시간이 흘러도 없어지지 않는다.

과거 한 바퀴

살면서 엄마의 과거에 대해 물어본 적이 거의 없었던 것 같다. 가끔 엄마가 이러했다고 하면 그냥 '그랬구나.' 정도로 흘려듣고 넘어갔다. 그때는 너무 어렸기도 하고, 또 성장하면서 학교나 군대 등으로 인해 떨어져 있는 시간이 너무 많았다. 그 결과 대화할 시간이 없다 보니 딱히 궁금해하지 않은 것 같다.

그래서 엄마의 과거를 몰라도 너무 모른다. 지금은 알고 싶어도 엄마가 기억을 못하신다.

어느덧 인생에 대해 조금은 알게 된 나이. 이 나이가 되고 보니, 당시에 어머니가 들려주신 얘기를 일부 기억해 보면 엄마도 정말 힘드셨겠다는 생각을 하게 된다.

엄마는 젊은 시절 자식들을 다 실패했다고 하셨다.

여기서 실패란, 자녀들이 열 살을 못 넘기고 세상을 떠났다는 의미다.

지금 생각해보면 보통 일이 아니다. 물론 시대가 시대이니 지금 보다는 그런 일이 훨씬 흔했겠지만 말이다.

엄마는 그래도 자식을 꼭 갖고 싶어서 늦은 나이에 가난한 시골 남자와 재혼을 했고, 드디어 하나를 낳아 키울 수 있었다. 그놈이 바로 1980년에 태어난 나다. 그때 엄마의 나이가 마흔다섯, 아빠는 쉰아홉이셨다(열네 살 차).

시작부터 평범하진 않았다. 두 분 모두 나이가 많은 상태였기 때문이다. 그렇게 바꿀 수 없는 나의 운명이 시작되었다.

아주 어렸을 때는 부모님의 나이에 대해 별다른 느낌을 받지 않았던 것 같다. 그러다가 초등학교(당시에는 국민학교) 고학년이 되면서, 우리 엄마와 아빠의 나이가 얼마나 많은지 알게 됐다. 굳이 누가 설명하거나 가르쳐주지 않아도 자연스럽게 알 수 있었다. 특히 아빠의 경우엔, 내 또래가 보면 할아버지라고 생각할 수밖에 없는 외모였다. 한 세대 정도 차이가 났다고 보면 될 것 같다.

내가 5학년일 때, 아빠는 일흔을 넘기셨다.

조금 창피했던 것 같다. 저 멀리서 흰머리가 자욱한 아빠가 오는 걸 보면 나도 모르게 피하고 싶었다. 지금 생각하면 왜 그랬지 하며 어색한 웃음만 나올 뿐이다.

거기에 집안의 가난은 나의 성격을 아주 내성적으로 만들어 버렸다. 당시 동네 주민들은 대부분 연탄을 이용해서 난방을 했다. 조금 잘 사는 집은 기름보일러. 반면에 우리 집은 산에서 나무를 해와 불을 지폈다.

부엌에는 지금의 가스레인지 역할을 하는 곤로라 불리는 기구가 있었는데, 약간 어두컴컴한 곳에서 그걸 이용해 라면을 끓여 먹었던 기억이 난다. 지금도 그런 게 있는지 모르겠다. 추억으로 남길 겸 하나 구해보고 싶다는 생각도 든다.

학교에서 가정방문이 있는 날이면 선생님이 우리 집을 보는 게 너무 창피해서 도망을 갔다.

그때는 그것이 너무 부끄러웠다.

물론 옛날엔 더 말도 못했겠지만, 어쨌든 내 또래 아이들이 사는 모습과는 조금 달랐다.

환경이 강력한 건, 사람의 성격에 영향을 많이 주기 때문인 것 같다. 그래서 회사 입사 이력서에도 어릴 적 성장배경에 대한 부분이 언급되어 있나 보다.

여하튼 이러한 이유로 나는 혼자 지내는 걸 좋아했다. 엄밀히 말하면, 좋아한다기보다는 혼자 있어도 전혀 심심해하지 않고 시간을 잘 보내는 편이다. 어른이 된 지금도 여전히 그런 면도 있지만, 이제는 누군가와 함께하는 기쁨이 더 크다는 것을 알아버렸다.

초등학교 체육대회 때의 일이다.

요즘엔 별로 안 하는 것 같은데, 당시에는 대회 종목 중에 '아빠랑 손잡고 달리기'가 있었다. 하지만 아빠는 나이가 많아서 내 손을 잡고 뛰는 건 무리였다.

고령으로 인한 참가 불가.

다행히 내 상황을 잘 아시는 마을 이장님이 나의 손을 잡고 뛰어주셨다.

어릴 때 달리기를 조금 잘하는 편이어서 내가 속한 줄에서 1등을 했다. 기분은 좋았다. 하지만 무언가 부족한 것 같고, 약간 허전하기도 하고, 씁쓸한 기분이었다.

1등을 한 내 손에 잡혀 있는 건 아빠가 아닌 이장님 손.

그 애매한 감정이 나중에 내가 결혼을 약간 일찍 한 이유로 작용한 것 같다.

어린 시절 아빠의 모습을 떠올려본다.

산에서 나무를 하여 대문으로 메고 들어오는 모습.

흰 머리에 자전거를 넘어질락말락 아슬아슬하게 타시는 모습.

당연히 안 좋은 기억도 있다.

술을 정말 좋아하셔서 아빠의 장롱에는 술이 대병으로 항상 있었다. 평소엔 한없이 착하셨는데 술만 드시면 엄마를 괴롭히셨다. 그런 아빠를 피해 엄마는 나를 데리고 이웃집으로 도망을 가셨다. 캄캄한 다락방에서 숨어 있다 보면 이웃집 마당까지 쫓아온 아빠의 크고 무서운 소리가 들려왔다. 너무 두려웠다. 엄마는 내 손을 꼭 쥐었다.

내가 할 수 있는 건, 그저 소리 없이 울면서 엄마에게 달라붙어 있는 것 정도였다.

중학교에 다니던 시절, 아빠가 위독하셔서 서울의 큰 병원에 가게 되었다.

창밖으로 보이는 서울의 야경. 그때는 그것이 멋지기보다는 잔인하게 느껴졌다. 그리고 다음 날 새벽, 아버지가 돌아가셨다는 소식에 무서움을 느꼈다.

아빠는 췌장암으로 그렇게 세상을 마무리하셨다.

가까이서 죽음이라는 걸 처음 바라봤는데, 아빠를 두 번 다시 못 본다는 게 실감이 안 났다. 나무를 한 아름 짊어진 채 마당 문을 열고 당장이라도 들어올 것만 같았다.

그렇게 남겨진 엄마와 나는 가난과 고독의 시간을 건디며 어떻게든 세상 속에서 살아야 했다.

고등학교는 집에서 멀리 떨어진 도회지 쪽으로 가게 되었다. 기숙사 생활을 했고, 한 방에 학년별로 2명씩 6명에서 지냈다.

고등학교는 남고였는데 단체 생활이라 규율도 아주 엄격했다.

생각보다 무섭고 힘들었다. 나중에 3학년이 돼서야 천국을 누릴 수 있었다.

새벽에 일어나면 먼저 운동장을 몇 바퀴 돌았고, 전방을 향해 함성을 지르는 시간도 있었다. 갑자기 지금 보고 있는 전방이 남쪽이라며 각자 고향을 향해 서라 한다.

'여기 위치가 어디였지?'

순간 머릿속이 아주 혼란스러웠지만, 짧은 시간 내 움직임을 끝내야 했기에 사람들이 많이 보고 있는 쪽을 바라보고 섰다. 그게 가만히 서 있는 거였고, 그저 그쪽에 엄마가 계시기를 바랄 뿐이었다. 이후에도 계속 같은 방향을 유지했다. 귀찮기도 했지만 바꾸면 더 이상할 것 같았다. 그래도 언제 한번 지도를 펴 놓고 확인해 봐야겠다.

몇몇은 당당히 옆으로, 심지어 뒤로 돌아서서 자신 있게 방향을 잡았다. 그렇게 일부는 서로 마주 보며 고향에 계신 부모님을 향해 포부의 함성을 질렀다.

나도 모르게 울컥했다. 처음으로 엄마와 떨어진 나는, 그렇게 홀로 계신 엄마에 대한 그리움을 배워나갔다. 그리고 점점 어른이 되어간다는 느낌이 들었다.

졸업할 때 조금 큰 상을 받을 일이 있었는데 엄마는 못 오셨다. 나이도 많고, 길도 아예 모르실뿐더러, 멀미까지 하셨기 때문이다. 어쨌든 어머니가 참가하는 건 불가능한 상황이었다. 어머니가 안 오시는 게 맞는 거였다.

다들 부모님과 사진들을 찍으며 졸업의 현장을 기뻐했다. 난 조용히 기숙사에 들어갔고, 그날 오후에 엄마와 전화 통화를 하면서 졸업식을 잘 마쳤다고 알려드렸다.

대학교 졸업식은 자율 참석이었다. 나는 그 자유를 마음껏 이용해서 안 갔다. 그러다 보니 내 졸업과 관련된 기념사진은 탄생할 수가 없었다. 물론 아쉽다거나, 속상하거나, 세상을 원망하거나 하는 그런 건 없었던 것 같다. 그게 당연한 거였기 때문에 아무렇지도 않았다.

그저 세상엔 엄마와 내가 있었고, 하루하루 살아갈 뿐이었다.

우리 집의 수입은 이랬던 것 같다

엄마는 밭일을 조금 하셨고, 동네에 일이 있으면 가서 해주기도 했다.

기초 생활 대상자라 나라의 지원도 조금 받았던 것 같다.

내가 이가 썩어서 보건소에 있는 치과를 가끔 다녔는데, 접수원 누나에게 수첩을 보여주면 계산 안 해도 된다며 항상 그냥 가라고 했다. 정말 마법의 수첩이었다. 그때는 몰랐는데, 기초 생활 수급자라 병원 의료 혜택이 있었던 것이다.

엄마는 가끔씩 먼 거리에 봉고차를 타고 가서 돈을 벌어오기도 하셨다. 멀미가 심하신 엄마는 비닐봉지를 늘 챙겨 가셨고, 밤늦게 녹초가 되어 돌아오셨다.

그 후로 집 근처 초등학교에서 급식 운영을 시작했다. 학부모들이 매일 돌아가면서 급식 일을 맡았는데, 사정이 생겨 못 나갈 경우 엄마는 약간의 수당을 받고 일을 대신 맡아 하셨다. 그 횟수가 많지는 않았지만, 별다른 수입이 없었던 우리 집에선 그것만 해도 엄청난 수입이었다.

예순을 넘긴 엄마는 젊은 엄마들 사이에서 폐 안 끼치려고 묵묵히, 그리고 더 열심히 하셨다. 책임감 있게 잘하시기로 소문이 날 정도였다. 물론 그만큼 힘드셨지만, 참으시는 편이었다.

무엇이 자꾸 세상의 어머니들을 이토록 강하게 만들었는가.

엄마는 남은 밥과 반찬을 싸 오셨는데, 나는 그게 참 맛있었던 것 같다.

언젠가 한 번 요양원에서 그때 고생했던 일들에 대해 물었더니 조금씩 기억을 하신다. 최근 건 몽땅 잊었지만 아주 오래된 옛날 일은 의외로 일부나마 기억하는 게 치매였다.

물론 그때그때 다르다. 갑자기 생각나는 것 같기도 하고… 여하튼 잘 모르겠다.

고생 많이 했다고 엄마를 위로했다. 멀미까지 하면 분명 몸이 너무 힘들었을 텐데, 어떻게 그렇게까지 하셨냐는 물음엔 그냥 모른다고 하신다. 고생한 건 맞는데 왜 그랬는지 이유는 잊어버리신 것 같다.

'했는데 이유는 모른다.'

무엇 때문에.

조건 없는 엄마의 사랑. 그저 아들을 위해 살아오셨을 게다.

갑자기 엄마가 많이 그리워진다.

대한민국에서 남아로 태어나면 부여되는 의무가 있다. 바로 입대다.

그 입대가 나에게는 제일 큰 고비였다. 군 생활이 겁나거나 두렵기 때문이 아니라, 홀로 계신 엄마를 두고 가야 한다는 것이 너무나 가슴에 매였기 때문이다. 20살을 넘어 점점 나이가 들면서 엄마에 대한 애절함도 커지고 있었다.

오로지 아들만을 바라보며 악착같이 살아오신 엄마는 어느덧 60대 중반이셨다.

칵칵한 어느 겨울날 어머니가 주무시고 계신 잠고 허름한 집을 조용히 나서는데, 세상이 너무 크게 느껴졌고 두려움과 공포가 밀려왔다. 그날, 교회 청년부 식구들이 훈련소인 포항까지 동행해 주었다. 참 감사했다. 엄마는 열외였다. 군대 얘기를 하니 열외라는 표현도 나온다.

오후 3시로 기억한다. 훈련소에 들어갈 시간이 되자 집결지에서 다들 가족들과 마지막 인사를 하기 시작했고 여기저기 훌쩍훌쩍 우는 소리도 들렸다. 나 역시 청년부와 인사를 하고 마음속으로는 엄마에게 인사를 드렸다.

그렇게 사람들을 뒤로하고 드디어 안으로 끌려가는데, 정말 실감이 나질 않았다.

믿어지지가 않았지만 현실이었다. 정신을 바짝 차려야 했다.

그저 모든 것을 하나님께 맡길 수밖에 없었다.

다시 군대를 가라고 한다면? 대한민국 남자라면 머뭇거리지 않고 즉시 안 갈 거라고 대답할 것이다.

아주 가끔 군대에 다시 가는 꿈을 꾸는데, 그건 정말 악몽이다.

그렇게 군에 입대하고 이병 시절, 첫 '100일 휴가'가 주어졌다.

물론 100일 동안 휴가를 가는 건 아니다. 갓난아기가 100일이 되면 기념사진을 찍는 그런 개념이라고 이해하면 될 것 같다.

엄마에 대한 그리움과 설렘을 가득 안고 집으로 향했다.

4박 5일. 엄청난 속도로 빨리 지나갈 것만 같은 휴가. 복무하던 김포와 전라남도에 있는 집까지의 거리가 멀다 보니 오는 날 가는 날을 빼면 정말 짧은 기간이었다.

시골 정류소에 가니 엄마가 나와 있었다. 버스 안에서 엄마를 바라보는데, 너무 반갑기도 하고 또 슬펐다. 그냥 슬펐다.

하필 거의 뒷좌석에 않은 상황이라 줄 서서 출입문을 향해 나가고 있었다. 오른편 창문을 통해 버스에서 내리는 한 사람 한 사람 뚫어져라 응시하며 나를 기다리는 엄마의 모습이 눈에 들어왔다.

얼마나 보고 싶고, 얼마나 그리웠을까.

그리고 내가 내리는 순간 엄마는 울먹이며 외쳤다.

"오메, 내 아들 왔는가!"

목소리에 힘이 들어갔다.

그때 내 나이 스물하나, 엄마 나이 예순다섯(아빠가 살아계셨다면 일흔아홉… 아빠는 그냥 계산해 봤다)이었다.

세상의 모든 어머니는 정말 왜 이렇게 살아야 하는가.

엄마란 존재가 뭐길래.

그렇게 엄마는 오로지 내가 전부였다. 그런 엄마를 잘 알고 있었고, 나 역시 엄마가 전부였다.

집까지 가는 내내 엄마는 두 손으로 내 한 손을 꼭 잡고 걸어가셨다.

지금도 그때 그 엄마의 손아귀 압력을 잊을 수 없으며, 그 힘은 지금까지도 내가 세상을 똑바로 살도록 붙들고 있는 것 같다.

그러나 그 압력이 너무 커서였을까? 그 압력은 어느새 약해지신 지금의 엄마를 바라보는 내 가슴을 조이고 있는 것 같다.

군 생활을 하는 내내 제일 바라던 건 엄마의 병 탈 없는 삶이었다.

전화를 자주 드렸다. 수화기 너머로 들려오는 반갑고도 그리움 가득한 목소리.

이제는 들을 수 없겠지.

엄마의 면회는 당연히 없었다. 늘 그러했듯, 그런 건 생각할 수 있는 주제가 아니었다.

그저 매일매일 걱정하며 다짐할 뿐이었다.

'제발 건강히 잘 계시고, 제대하면 엄마의 남은 생 동안 꼭 효도하며 살겠습니다. 엄마, 사랑합니다!'

초등학교 5학년 성탄절 무렵, 집 근처에 있는 교회에 처음으로 가 보았다. 선물도 주고 먹을 것도 준다 해서 발을 들였던 것인데, 그 뒤로 그냥 숨을 쉬듯 자연스럽게 매주 가게 되었다. 그 결과 지금까지도 교회에 다니고 있다.

내게 교회는 너무 좋은 곳이었고, 특히 힘들고 외로운 시절에 큰 도움이 되었다.

나에게 하나님은 보통 분이 아니셨다. 돌아보면 인생의 구석구석에서 엄청 나를 도와주셨다.

엄마 역시 새벽마다 교회에 나가서 기도하셨다.

뭘 기도하셨을까. 기도할 것이 너무 많아서 그렇게 매일 매일을 가서야 했던 것일까.

그저 사랑하는 아들 이름 불러가며 건강 지켜 달라고, 잘 되게 해달라고.

하루라도 하지 않으면 불안하고 허전했기에 그렇게라도 해야 했을 것이다.

나를 위해.

감사하게도 난 대학을 졸업하자마자 바로 취업이 되었다.

서류전형을 시작으로 1차 필기, 2차 면접, 3차 건강 검진까지 있었다.

매번 홈페이지를 통해 합격을 확인하면서 눈물을 흘렸다.

작은 자취방에서 속도 느린 컴퓨터를 통해 가슴 졸인 순간이 아직도 생생하다. 특히 3차 검진 시에는 내가 또한 건강하다는 것에 처음으로 감사를 느꼈다.

그 후 살면서 더 느꼈다. 세상에는 정말 많은 병이 있고, 지금도 그 병으로 고통받으며 가로등 꺼진 외로운 길을 가는 이가 너무 많다는 것을.

내가 그런 세상에서 어떻게 살아가길 원하시는지.

어떻게 하면 내가 그들에게 작게나마 힘을 줄 수 있을지.

그저 하나님께 묻는다.

최종 합격 확인 후, 나는 컴퓨터 의자에서 내려와 무릎을 꿇고 하나님께 감사를 드렸다. 가진 것 없고 보잘것없는, 작고 작은 나를 기억하시고 두려움과 어둠의 시기를 지나게 하시면서 계속 다

들어 세워 가시는 <u>그</u> 하나님께 말이다

주위를 쳐다볼 겨를 없이 앞만 보고 달려왔다.

천하에 뭐가 있는지는 관심의 대상이 아니었다.

오직 하나님만 바라보았고, 그 하나님 한 분이면 충분했다.

근심하는 자 같으나 항상 기뻐하고 가난한 자 같으나 많은 사람을 부요하게 하고 아무것도 없는 자 같으나 모든 것을 가진 자로다.
〈성경〉

감사하게도 내 전공 계열에선 제법 좋은 회사인지라 학교에는 당당히 플래카드가 붙었다.

내 이름이 적힌 그 플래카드를 바라보며 역시 엄마 생각이 났다.

'엄마, 내 이름이 저 하늘에서 펄럭이네. 여기까지 엄마가 잘 키워줘서 이렇게 된 것 같아. 엄마의 기도를 하나님이 들어주셨어.'

서울살이 시작

서울에 취업하게 되면서 거처를 찾아보던 중 학사관이라는 곳을 알게 되었다.

교회에서 운영하는 시설이었는데 쉽게 말하면 기숙사 같은 거였다. 서울 소재 대학에 다니기 위해 지방에서 올라 온 학생들이 거주하면서 신앙도 이어갈 수 있도록 돕자는 취지로 세워진 숙소였다.

나는 비록 직장인이었지만, 사정을 목사님께 말씀드렸더니 받아주셨다.

생활비는 원룸이나 일반 고시원에 비하면 상당히 저렴했기에 첫 1년간 인턴 생활을 해서 월급이 적었던 나에게는 상당한 도움이 되었다.

모양은 고시원 비슷한 거였는데 교회가 작다 보니 시설은 다소 열악했다. 하지만 각 지역에서 올라온 여러 사람과 만나 어울려 사는 맛이 재미있기도 했다.

각자 터전에서 하루를 보내고, 저녁에 다 같이 모여서 식사를 했다. 돌아가면서 설거지도 하고, 주말에는 축구도 하는 등 많은 추억거리를 만드는 기간이었다.

그 교회는 '홈 커밍데이'라고 해서 학사관을 거쳐 간 선배들을 초청하는 행사를 매년 하고 있다. 바빠서 못 갈 때도 있지만, 될 수 있으면 참석을 하고 있다.

나의 젊은 날, 아무도 모르는 넓은 서울 땅에서 처음 본 나를 돌봐주신 목사님과 사모님을 지금도 잊을 수가 없다.

1년 후, 어느 정도의 수입이 생기자 엄마를 서울로 모셔오기로 했다.

중학교를 졸업한 이후 어쩔 수 없이 계속 떨어져 지내왔고, 나이도 점점 들어가는 엄마와 다시 함께하고 싶었다.

당장 준비를 시작했다. 먼저 월세인 단칸방을 서둘러 구하기 시작했다.

집을 구할 때 가장 고려한 것은 위치였다. 엄마는 새벽기도를 하시는 습관을 가지고 계셨기에 교회와의 거리를 가장 우선시했다. 거기에 집을 찾기도 쉽고 주변으로 오고가는 길도 다니기에 수월하면 더 좋을 것 같았다.

그렇게 여러 군데를 다녀 봤는데 위치가 좋고 괜찮은 곳은 제법 있었다.

하지만 금액이 비싸서 내 예산과 안 맞았다.

그러다 상황에 맞는 방을 겨우 구했는데 보증금이 약간 부족한 것이었다.

함께 일하는 동료 선배에게 상황을 말했더니 흔쾌히 일부를 빌려주었고 월급이 나오면 갚기로 했다. 지금 생각해도 참 고맙다.

시골에 있는 살림은 다 버리기로 했다. 사실 오래되어 딱히 가져올 만한 게 없었다. 입을 옷 몇 벌 정도와 함께 엄마의 몸만 올라오기로 했다.

방을 구했으니 방에 들어가는 가구, 가전 등 내용물이 필요했다. 냉장고, TV, 세탁기, 장롱을 비롯해 이불, 밥솥, 그릇, 국자, 수세미, 행주, 숟가락, 젓가락까지. 하나하나 채우다 보니 그 양이 엄청났다.

사실 엄마와 같이 지낸 날도 좋았지만, 엄마와 함께 살기 위해 준비하는 나의 발걸음도 나를 너무 기쁘게 하며 행복하게 했다.

식탁도 샀다. 이런 데서 먹어보고 싶었다.

여러 군데서 사기보다는 가능하면 한 중고매장에서 대부분의 물건을 골랐고, 나머지 필요한 것들은 마트 등을 이용해 채워나갔다.

브랜드나 기능의 차이는 별로 크게 신경 안 썼다. 작동만 되면 되었고 제일 중요한 건 가격이었다. 저렴하면 더 좋았다.

다소 눈물 날 만한 상황으로 보일 수 있겠지만, 늘 그랬듯 나는 아무렇지 않았다. 나와 비슷한 길을 걷는, 아니 나보다 더 어두운 길을 걷는 사람들도 많다. 그 정도면 충분했다.

그저 엄마와 함께 지낼 것이 너무 좋았다.

일단 카드로 긁었다. 카드가 너무 좋은 게, 당장 현금이 없어도 물건들을 가져올 수 있었다. 하루라두 빨리 엄마를 모시고 싶은 나에게는 이런 카드의 기능은 너무 고마웠다.

어릴 적 정부의 생활 지원을 받는 것을 시작으로 여기저기서 나를 도와주는 이가 많았는데, 이 작은 카드조차도 내 인생을 돕고 있었다.

그렇게 모든 작업을 마치고 드디어 엄마를 모시고 왔다.

그때가 2005년 2월. 내 나이 스물여섯, 엄마는 일흔이셨다.

서울 한복판에서 엄마와 같이 한집에서 지낸다는 게 신기하기도 하고 너무나 행복했다.

이때가 정말 엊그제 같다. 근데 시간이 많이 지나버렸다. 나의 시간만 간 것이 아니라 세상 전체가 다 같이 갔겠지. 나름 누린다고는 했지만, 지금 생각하면 또 아쉽다.

인생은 늘 아쉬움의 반복인 것 같다.

물론 걱정도 컸다. 평생을 시골에만 사셔서 도시 생활에 익숙할 리 없는 엄마였다.

더욱이 엄마는 일흔이었고, 점점 더 나이 들어갈 것이다.

같이 사는 것이 마냥 좋았지만, 현실도 충분히 감안해야 했다.

적응을 위한 연습과 함께, 만일에 대비해서 내 연락처와 집 주소 등을 적은 메모를 가지고 다니게끔 했다. 출근해서도 엄마가 잘 있을지 항상 걱정이었다.

한편으론 퇴근하면 집에 엄마가 있을 거라고 생각하니 설레기도 했다.

집에 오자마자 엄마에게 그날에 대해 물었다.

엄마는 하루 있었던 일들을 말씀해 주셨는데 나름 잘 적응해 가고 있었다. 어느 날은 친구도 하나 만들었다고 자랑을 하셨다.

퇴근하면서 종종 마트에 들러 고기를 사 오기도 했는데, 엄마랑 마주 보며 고기를 구워 먹는 게 너무 좋았다. 외식도 가끔 했다. 용돈도 드렸다. "돈이 최고다." 하시며 활짝 웃으시는데 내 마음이 너무 뿌듯했다.

당시 좋아하시던 그 모습을 찍은 사진을 가끔 본다. 이제는 추억이다.

사실 엄마와 함께 세상을 살아가는 것은 늘 긴장과 걱정의 연속이었다. 자식은 나 혼자였기에 무엇을 하든지 내가 엄마를 신경 써야 했다.

서울로 엄마를 모시고 온 후로는 더더욱 그랬다.

인생의 늦은 나이에 시작한 서울에서의 아주 낯선 생활. 지금 생각하면 정말 도전이었던 것 같다.

내가 만든 환경에 적응해 준 엄마가 그저 고맙고 한편으론 죄송하기도 하다.

서울에서 지낸 지 2년 가까이 되었을 무렵의 어느 겨울이었다.

아침 일찍 출근을 하는 상황이었는데 엄마가 말씀하셨다.

새벽에 일어났는데 몸이 한쪽으로 쏠리면서 그대로 주저앉았다고 한다.

그래도 지금은 괜찮다며 별일 아니겠거니 여기셨고, 나 역시 대

수롭지 않게 '갑자기 일어나서 기운이 아직 없다 보니 그랬을 것'이라 생각하고 좀 더 누워 있다가 일어나보시라 했다. 그리고 출근했다.

그런데 오전 업무를 보는 중에 엄마에게서 연락이 왔다.

엄마는 불안했는지 근처 한의원을 찾아갔다고 한다(그래도 어떻게 찾아가신 듯하다). 그랬더니 빨리 큰 병원으로 가보라고 해서 바로 나에게 전화를 거셨다는 것이다.

메모도 있었지만 엄마는 내 핸드폰 번호를 외우신다. 집 전화기 또한 발신 단축 버튼을 설정해 두었고. 평소 연습한 대로 엄마는 급히 전화를 하셨다.

불안에 떠는 엄마의 다급한 목소리를 듣고 나 역시 겁을 먹었다. 일단 빨리 택시를 잡아 응급실로 오시게끔 설명을 해주었다.

근무 중에는 가급적 진동모드로 해두는지라 못 느낄 때도 있는데, 그때 통화가 안 되었더라면 엄마가 얼마나 초조했을지 지금 생각하면 아찔하다.

엄마의 병은 뇌졸중이었다. 그날 새벽 쓰러졌던 증상이 첫 신호였던 것이다.

하지만 몰랐다. 그게 그건 줄.

나의 무지함을 한탄했다. 아, 그런 거였구나.

그냥 하루하루 살았을 뿐 엄마도, 나도, 모르는 게 너무 많았던 것 같다.

여러 검사를 받으며 응급실 침대에 누워있는 힘없는 엄마를 바라보았다. 그 오랜 세월을 버티셨지만, 육신의 고장 앞에서는 꼼짝할 수 없는 엄마였다.

나름 어렵게 자라면서 어떻게든 잘 견디며 살아왔는데, 막상 엄마가 이렇게 되니 두렵고 눈물밖에 안 나왔다.

며칠간의 입원 치료가 있었고, 그날 새벽에 첫 증상이 나타나고 치료를 하기까지 시간 지연이 있어서인지 한 손이 조금 남의 손 같다는 느낌과 한쪽 다리를 조금 저는 정도의 증상을 동반한 채 퇴원을 하였다. 일상생활을 하는 데는 큰 무리가 없었지만, 새벽에 바로 병원을 찾았더라면 더 좋았을 텐데 하는 아쉬움이 남았다. 한편으론 엄마의 기가 막힌 대처로 큰 후유증 없이 병을 치료해서 다행이라는 큰 안도감이 들었다.

퇴원 후 엄마는 혈압약을 계속 복용하셔야 해서 정기적으로 처방을 받아야 했다.

엄마를 모시고 매달 병원에 가는 건 힘들지 않았지만, 늙어가며 점점 약해지는 엄마의 모습이 내 마음을 먹먹하게 했다.

그럴 수밖에 없는 인생. 안타깝지만 삶의 흐름을 어쩔 수 있으랴.

그랬다. 엄마는 70세가 넘으셨다. 병이라는 놈이 언제 노크할지 모르는, 아니 어쩌면 죽음이 찾아올 수도 있는 시기였던 것이다.

서울에서의 삶에 몰두하며 그저 일상을 살아가기에 바쁜 나머지 엄마의 건강을 소홀히 생각하며 무관심했던 것 같다.

그 당시 나는 교회에서 만난 자매와 교제 중이었는데, 그녀는 엄마가 입원해 있을 때 밤새 옆에서 간호를 해주었다. 너무 고맙고 든든했다. 그녀는 지금 내 아내가 되어 있다.

아내와의 연애 시절을 떠올릴 때마다 절대 잊을 수 없는 일이 있다.

날씨가 너무 추워 실내에서 데이트를 했던 날이다.

집에 가야 할 시간이 가까워진 상태. 버스를 타야 하는 아내를 배웅하려고 밖으로 나왔는데 마침 눈이 내리고 있었다. 아마 그해 겨울 첫눈이었던 것 같다.

눈을 보니 기분이 좋았고 설레었다. 그 순간 갑자기 용기가 솟아서 아내의 손을 잡았다. 사귄 지는 조금 되었지만, 내가 많이 내성적이기도 하고 연애도 처음 하는 거라 그동안 손을 잡지 못하고 있었다. 그날도 눈이 안 내렸으면 분명 손을 못 잡았을 것이다.

그 상태로 우리는 버스 타는 것을 조금 미루고 한동안 나란히 걸었다.

그날은 분명 날씨가 상당히 추웠는데, 손을 잡고 나서는 추운 게 아예 안 느껴졌다.

암튼 중요한 건 그 순간이었다. 손을 딱 잡는데 일단 너무 부드러웠다. 하지만 그것보다 나를 더 울컥하게 한 것은, 바로 '함께'라는 생각이었다.

지난날 어려운 현실과 수많은 고민을 혼자의 힘으로 감당해 온 터라, 누군가가 내 옆에 이렇게 있다는 것이 너무 감격스러웠다.

더 이상 외롭지 않을 수도 있겠다는 희망이 생겼다.

결혼 그리고 아픔

2007년 3월 3일.

스물여덟의 나와 일흔둘의 엄마, 그리고 스물여섯의 아내가 한 식구가 되었다.

엄마가 뇌졸중으로 병원치료를 받고 몇 개월 지나지 않아 드디어 난 결혼을 했다. 그 일 때문에 조금 더 서두르게 되었다. 물론 그 일이 아니었다 해도 결혼을 빨리하려는 마음은 어릴 때부터 항상 가지고 있었다.

사실 아내는 나이도 어렸고, 급할 게 전혀 없었다. 나와 동갑인 언니가 한 명 있었는데, 그 언니도 당시에는 아직 결혼을 안 한 상태였다. 하지만 나의 끈질긴 설득으로 우리가 먼저 결혼하기로 했다.

가난하고 별 볼품도 없던 나에게 귀한 딸을 주시며 결혼을 허락해 주신 장인 장모님께도 늘 감사를 드린다. 처가에 갔다 올 때면 이것저것 어떻게든 하나라도 더 싸주려고 하신다. 그때마다 차 트

럭크 곳가이 흐주머니처럼 하얶이 잘게 부이다

부모님의 그 마음을 다 실으려면 매번 이삿짐 차를 불러야 할 것이다.

아내는 결혼 전, 은행 대출을 이용하여 사 둔 아파트에서 언니와 지내고 있었다.

이후 신혼살림과 함께 내가 들어가면서 아내와 함께 살던 처형이 집을 비워주셨다. 아내의 고향도 시골이라 도심지에서 자매끼리 서로 간 큰 힘이 되었을 텐데… 뒤늦게 시작한 홀로서기를 잘 감당해 준 처형이 고맙고, 한편으론 나 때문에 정든 집에서 떠나야 했을 처형에게 미안함도 느낀다.

나의 신혼집이 된 그 집은 비록 약간은 오래됐고 작은 평수였지만, 어쨌든 아파트였다.

'내가 아파트에 살다니.'

너무나 신기하고 좋았다.

드디어 세상 한복판으로 들어가 사는 것 같았다. 몸과 마음으로 아파트를 마음껏 느꼈다.

참, 우리 엄마는 어떻게 됐을까.

사실 연애 시절, 엄마 관련으로 얘기도 나누었다.

본론은 이거였다. 엄마는 나이가 있고, 자식이라고는 나 하나였기 때문에 결혼을 하면 엄마를 모셔야 할 것 같다는 것. 나는 그 얘기를 조심스레 꺼냈다.

연애 초반이었지만, 나에게는 중요한 문제였기에 꼭 짚고 넘어가고 싶은 마음이었다. 정들고 나서 나중에 이런 부분 때문에 괜히 갈등이 생기면 서로 힘들 것 같았고, 만약 의견 차이가 쉽게 좁혀지지 않다면 그냥 각자의 길로 빨리 가는 게 나을 거라 생각했다.

너무 철없고 이기적인 생각이었지만, 내 딴에는 좀 더 현명한 삶을 걷고 싶었던 것 같다.

그래도 지금 생각하면 조금은 거시기하다.

다행히 아내는 아주 긍정적으로 당연히 그리 해야 함을 말해주는 게 아닌가.

'아, 하나님!'

그냥 마음속으로 하나님을 불렀다. 그리고 아내가 너무 고마웠다.

그렇게 엄마는 나와 함께 신혼집으로 들어왔고, 아내는 태어난 지 26년 만에 노모를 모시는 며느리가 되었다.

나 때문에 쉽지 않은, 좁은 길을 걸어온 아내가 고맙고 늘 미안하다.

그냥 주변이 온통 고마운 존재들뿐이었던 것 같다.

결혼은 나에게는 너무 좋은 일이었다.

더 이상 외롭지 않았고, 약간은 홀가분한 느낌이라고 해야 하나? 아내가 곁에 있다는 것만으로도 너무 든든했다.

그렇다고 아내에게 다 맡기진 않았다. 그저 누군가 옆에 있는 것만으로도 좋았고, 함께 고민하며 얘기할 수 있는 상대가 이렇게 가까이 있다는 게 너무 행복했다.

만일 나에게 누나든 동생이든 형제가 한 명만 있었어도 그렇게 힘들진 않았을 것이다.

나에게는 가난보다 더 힘들었던 게 외로움이었다.

결혼 이후 하나님께서는 내 무릎 밑에 두 아들을 추가로 보내 주셨다.

나를 아주 많이 닮은 두 놈이 나를 아빠라 부르며 이 세상을 함께 살아가고 있다.

엄마와 나뿐인 울타리에 아내와 아이들, 총 세 명이 더 합류했다. 나의 외로웠음을 하나님께서 아시고 보상해 주신 것 같다.

식구가 늘어난 건 좋았지만, 아이들이 어리다 보니 삶이 아주 바쁘고 힘들게 돌아갔다. 그래도 거실에 다 같이 모여 밥을 먹고 과일을 먹으며 TV를 보는 그런 생활이 너무 행복했다.

참 귀하고 신기하다. 그저 하나님께 고개 숙여 감사할 뿐이다.

결혼 생활과 더불어 엄마를 모시고 사는 것이 항상 평탄할 수만 없었다. 수십 년을 서로 다른 환경에서 살아온 우리 부부도 생각이 많이 다른데, 조금 더 옛날에 태어난 엄마의 생활방식까지 헤아려야 했다. 그래서 여러 상황을 고려해야 했고, 특히 엄마와 아내 사이에서는 현명함이 요구되기까지 했다. 그래도 그런 상황에선 아내를 더 많이 생각해야 했다. 아내가 퇴근해서 올 때면 거실에서 편하게 쉴 수 있도록 엄마를 방으로 유도하기도 했다.

나름 신경을 쓴다고 했지만, 아무래도 내가 모르는 불편함이 아내에게는 있었을 것이다. 그저 묵묵히 참으면서 일과 가정 모두 든든하게 받쳐준 아내가 너무 고맙다.

다소 힘든 부분도 간혹 있었지만, 어쨌든 나로서는 과거와 비교할 수 없을 정도로 감사하며 행복한 나날을 보냈다.

그러던 어느 날 경찰서에서 전화가 왔다.

엄마가 길을 잃어버린 것이었다. 항상 다니던 길이었을 텐데 그날은 집으로 오는 골목을 조금 지나쳐 버린 것 같았다. 그렇게 방황하던 엄마를 누군가가 경찰서에 모시고 간 것이다.

아파트에 경찰차가 들어왔고 뒷좌석에서 우리 엄마가 내렸다. 엄마는 겁에 질려 있었다.

한 번도 그런 적이 없어서 나도 너무 놀랐고 당황스러웠다.

집에 들어와서도 엄마는 여전히 불안해하셨다. 스스로도 너무 놀라신 것 같다.

가슴이 아팠고 나도 모르게 눈물이 나왔다.

엄마를 진정시켜 드리며 너무 멀리까지는 가지 마시라고 당부를 드렸다.

엄마가 점점 더 늙어가는 것이 느껴졌다.

몇 년의 시간이 흐르면서 가족들이 나이를 더해 갔고 아이들도 점점 커 갔다.

몇 번의 이사도 있었다.

우리 부부는 계속 맞벌이를 했고 아이들도 어리이집을 다녔다 퇴근하면 아이들을 어린이집에서 데려와 함께 저녁을 먹고 조금 쉬었다 자는, 그런 일상이 반복되었다.

그러다 보니 아무래도 엄마와의 대화가 전보다는 많이 줄게 되었다. 당시는 아파트 노인당도 활성화되지 않은 시기라 엄마는 집에 혼자 계셔야 하는 시간이 길었다. 그 시간에 엄마는 주로 방에서 누워 계셨던 것 같다.

그러던 중 언제부터인가 엄마의 행동이 조금씩 이상하기 시작했다.

아침에 엄마가 전날 밤새 잠을 못 잤다고 얘기하신다. 그냥 잠이 안 온다고.

살짝 걱정도 되었지만, 어디 아픈 데는 없어 보였다.

다음 날 또 그러셨고, 며칠째 계속 그러신단다.

사실 걱정이 되어 며칠 동안 밤이랑 새벽에 조금 지켜봤는데, 잘 주무시고 계셨다.

밥 먹는 시간도 문제가 있었다.

어느 날 밤늦은 시간, 엄마가 배고프다 하셔서 음식을 드렸더니 허겁지겁 드신다. 저녁을 언제 드셨냐 하니, 아까 낮에 드셨다고 한다.

보통 점심은 스스로 차려 드셨는데, 낮 12시 정도에 드신 게 저녁밥이라고 한다.

상황을 알아보니 아침을 8시, 점심을 10시, 저녁을 12시, 이런 식으로 반나절에 하루 3끼를 다 끝내셨다는 것이다. 이유를 여쭤보니 그냥 빨리 먹어버리려 했단다.

그 외에도 용변 처리에 약간의 문제가 있었는지 엄마의 방에서 조금 냄새가 날 때가 있었다. 어떤 날은 방에서 변이 묻은 화장지가 뭉치로 발견되기도 하였다.

하루 종일 혼자 지내면서 본인만의 시간을 살다 보니 삶이 조금씩 흐트러지고 있었다.

가족을 위함도 있지만, 무엇보다 엄마를 위해 계속 이렇게 방치할 수는 없었다.

보건소에서 관련 검사를 받았고 우울증과 함께 치매 초기 진단을 받았다.

치매. 어느 정도 들어는 봤지만 설마 우리 엄마에게 찾아올 줄 몰랐다. 그저 소수 사람의 얘기 정도로만 생각했다.

사실, 엄밀히 따지고 보면 우리 엄마에게 그 치매가 안 오리라는 보장이 전혀 없었다. 근데 왜 그걸 생각 못했을까. 왜 그때가 되고 나서야 치매 검사를 받았을까. 더 일찍 알아 예방도 하고 그렇게 대비했어야 했는데 아예 못했던 것이다.

삶을 좀 더 크게 보고 여러 면을 생각했어야 했다.

이것 역시 무지였다. 또 서툴렀다.

그러나 이제 와서 어쩌랴. 안타깝긴 하지만 할 수 있는 대응부

터 서둘렀다

약 복용과 함께 추가적인 관리를 고민하다가 노인 장기요양보험 제도를 알게 되었다.

지금까지 딴 세상 얘기라고 해도 과언이 아닐 정도로 관심이 없었고 아예 모르고 살아왔던 영역이다.

사회보험제도 중 하나였는데, 혼자서 일상생활을 하기 어려운 노인들에게 여러 가지 지원을 해주는 그런 제도였다. 노인의 상태에 따라 요양등급이란 게 주어지는데 스스로는 아무것도 못 할수록, 즉 모든 생활이 다른 사람에 의해 이루어질수록 1등급에 가까웠다. 그리고 그런 등급에 따라 요양 시설 입소 가능 여부, 지원 범위 등 여러 가지가 결정되었다.

먼저 관련 기관에 엄마의 등급 심사를 요청했고 담당 직원이 직접 집으로 와서 엄마의 상태를 확인하며 신체 기능, 인지 능력 등 여러 항목을 조사하였다.

예상대로 엄마는 치매가 조금 있을 뿐 거동이나 스스로 옷 입기 등 신체적인 큰 불편함은 없어서 입소 가능한 등급을 받지 못했다. 요양원엔 들어갈 수 없다는 것이다. 물론 자비로 갈 순 있지만 비용 부담이 너무 컸다.

뭐라도 해야 했기에 혹시 입소 가능한 요양 시설이 있는지 계속 알아보았다.

찾아보던 중 집에서 1시간 정도 거리에 등급을 못 받은 노인들을 위한 곳이 있었다. 등급을 받으면 오히려 입소가 안 되는 곳이었다. 쉽게 말해 엄마처럼 상태가 심각하지 않으면서 약간의 불편함만 있으신 어르신들이 모여서 생활하는 곳이었다.

일종의 경로당 같은 개념으로, 거기서 잠까지 잔다고 보면 될 것 같았다.

전에도 엄마는 아침에 경로당으로 가서 또래 어르신들과 노시다가 오후 늦게 돌아오시곤 했다.

그런 걸 고려해 보니 생각보단 나쁘지 않아 보였고, 물리적인 거리 또한 큰 문제는 아니었다. 다만 숙박이 연속적으로 이루어진다는 게 안 내킬 뿐이었다.

살면서 단 한 번도 생각하지 않았던 엄마의 시설 생활. 말도 안 되었다.

그러나 우리 집의 현 상황을 고려하지 않을 수 없었다.

남은 가족들을 위함도 있을 뿐만 아니라, 시설에서 엄마를 더 잘 돌볼 수도 있었다. 여러 가지 놀이를 다른 어르신과 함께하면, 엄마가 더 많이 웃고 더 행복할 수도 있겠다는 생각이 들기도 했다.

선택해야 했다.

엄마의 삶을 위해.

하지만 그래도 괴로웠다.

군대 제대하면 엄마에게 꼭 효도하며 살겠노라고 굳게 다짐했던 젊은 날.

맨 처음 서울에서 엄마와의 단칸방 생활을 위해 준비했던 그 마음.

그러나 이제는 엄마를 위해 아내와 아이들을 위해 또 다른 걱정을 해야 했고, 그저 최선이기를 바라는 마음으로 나를 위로하며 마음을 강하게 먹었다.

그리고 엄마를 그 요양원에 모시기로 했다. 물론 결정하기 전 엄마에게 많은 이해를 구하며 설명해 드렸다. 노인당이라고 생각하면 되는데 하루 밥 세끼 다 주고, 잠도 자고, 빨래까지 해주는 등 엄마가 신경 쓸 건 하나도 없으니 훨씬 좋은 곳이라며.

엄마는 요양 시설을 모르셨다. 아니, 이미 알 수 없는 상태가 된 것일까.

"그런 데가 있어야?" 하시며 오히려 "너는 그런 데를 어떻게 다 알았냐?"라고 하신다.

그러게, 엄마. 나도 내가 이런 데를 알 줄이야.
가슴 아픈 현실이었다.

요양원 원장님과 통화 후 방문해서 시설을 둘러보았다.
생각보다 어르신들이 많았다.
아! 인생의 쓸쓸함과 허무함이여! 누가 만물의 영장을 이렇게 끌고 가는가!
구체적인 상담을 받았고 입소 날짜를 정했다.
그렇게 난 단 한 번도 걸어보지 않은, 걷고 싶지 않은 길을 걷고 있었다.

입소 당일 준비물을 챙겨 엄마를 모시고 요양원으로 향했다.

멀미를 잘 하시는 편이라 비닐도 준비했다.

엄마는 뭐든지 내가 하라는 대로 그냥 따라오시는 편이다.

그게 기쁜 일이든, 슬픈 일이든 중요하지 않다. 아들이 하면 된 거였다.

가는 도중 휴게소에서 밥을 한 끼 사 드렸다. 특별히 원하시는 메뉴는 없다.

아무거나 줘 보라고.

그 말의 의미는 모든 것을 다 잘 먹는다는 게 아니다.

드시는 건 뻔했고, 입에 안 맞는 것은 아예 안 드셨다.

식사하시는 모습과 함께 모든 순간순간이 마음이 아팠다.

세월과 함께 너무 빨리 야위어 가는 엄마를 바라본다.

여기는 어디인지, 뭘 하러 가는지.

엄마는 다가올 시간엔 별로 관심이 없다. 감정의 표현도 없다.

계속 마음이 먹먹하다. 너무 무겁다.

그러함에도 지금 이 모든 것을 하는 이유. 우리 집도 아닌 요양원이라는 남의 집에 어머니를 모시고 가는 이유.

엄마가 더 이상 우울하거나 심심해하지 않고 다른 분들과 잘 어울려 놀고, 감정도 회복하고, 웃기도 하고, 행복해하는 장면이 꼭 펼쳐지길 바라기 때문이다.

'하나님 저는 그것 때문에 엄마를 시설에 보내는 것이니 꼭 기억해주시기 바랍니다.'

막상 시설에 들어가니 엄마가 불안해하셨다.

"왜 그러냐?"

"어떻게 하라고? 누가 해줘야?"

"그 다음에는?"

"넌 어디 갈라고?"

한마디씩 말을 꺼내시는데 마음이 찢어졌다. 엄마도 헤어짐을 아셨던 것 같다.

오랜 시간 설명과 함께 충분히 이해하셨다고 생각했기에 조금은 받아들이셨을 거라 예상했지만, 그건 어디까지나 내 생각일 뿐이었다. 엄마는 이제야 상황을 파악하시곤 그 낯선 환경에 익숙하지 않다고 표현하고 계셨다. 제대로가 아닌, 아주 서투른 모습으로.

지켜보는 내내 당황스럽고 마음이 너무 아팠지만, 더 나은 미래를 생각하며 견뎌야 했다.

직원들의 안내와 도움으로 엄마는 할머니들과 나란히 앉게 되었다.

바로 뒤쪽에 서 있긴 했지만, 이미 둔해진 엄마의 눈에 내가 보일 리 없었다.

엄마는 주변에 보이는 다른 할머니에게 말을 거신다.

"이따가 밥 먹을 때 나 데리고 가요."

도대체 여기가 어디인지, 어떻게 살아가야 할지, 도무지 알 수 없는 말도 안 되는 현실 앞에서도 엄마는 살아갈 궁리를 하셔야 했다.

저 멀리 어르신 무리에 섞여 있는 엄마가 보인다.

자꾸 뒤를 돌아보는 검은 잠바를 입은 우리 엄마의 모습.

그리고 그저 바라볼 수밖에 없는 나.

우리 엄마가 저기 있다니. 왜. 왜. 왜.

이게 인간의 삶이었나. 이렇게 거칠고 잔인했던가!

'하나님 저를 용서해 주세요.'

2013년 12월 어느 토요일. 나는 엄마를 그렇게 요양원에 맡겼다.

그때 엄마 나이 일흔여덟, 내 나이 서른넷이었다.

그날은 내가 지금까지 살아오면서 가장 쓴 눈물을 흘린 날이다.

내 몸의 모든 기관이 다 울었다. 간, 췌장은 물론 손톱까지도.

나중에 엄마가 하늘나라로 간다 해도 그렇게 까진 안 울 것 같다.

그건 당연한 자연의 섭리이기에.

나는 교회에 다니기 때문에 술을 입에도 대지 않는다.

회식 때도 내가 술을 안 먹는 걸 다들 알기에 직장 상사나 동료들이 사이다를 시켜준다. 그것도 매번 먹다 보니 지겨워서 요샌 그냥 물을 원한다. 대신 술잔에 따라 신나게 건배에 동참한다. 늘 배려해주시는 모든 분께 보답하기 위해서다.

그러나 엄마를 요양원에 모시고 온 그날은 도저히 맨정신으로 있을 수가 없었다.

마음이 너무 쓰라렸고 몸엔 힘이 하나도 없었다.

먹먹했다. 괴로워다.

결국 그날 밤에 아내를 데리고 나가 술을 마셨다. 평소 술을 입에도 대지 않았기에 어떻게 될지 모르니 보호자 한 명이 있어야 했다.

다음 날에도 마음이 찢어지는 건 여전했고, 육체적으로도 아주 힘든 시간을 보내야 했다.

"죄송합니다. 하나님! 다시는 먹지 않겠습니다. 근데요, 하나님! 너무 괴로운데 어떻게 하면 좋을까요?"

현실 구분이 잘 안 되었다. 엄마가 지금 요양원에 계신다는 사실이 믿기지 않았다.

TV에서 비슷한 시설만 보여도 엄마가 자꾸 생각났다.

엄마를 돌보지 못했다는 죄책감이 밀려왔고, 이렇게까지 해야 하는 나 자신이 싫었고, 이런 상황까지 오도록 만들었다는 사실이 너무 속상하고 가슴이 아팠다.

바쁘게 사는 것이 뭐라고….

엄마와 함께한 지난 시간이 떠올랐다.

좀 더 소중하게 생각할 걸. 더 많이 신경 쓰고 더 많이 대화할 걸.

엄마는 이 상황을 어떻게 생각하실까. 본인을 버렸다고 생각하지 않으실까.

차라리 안 간다고 소리를 치셔야 하는데 그러지 못하는, 아니 할 줄 모르는 우리 엄마.

사실이 아닌 설화라고는 하나 고려장이라는 풍습이 자꾸 떠올랐다.

요양원을 내 집처럼

어머니가 요양원에 입소하신 후, 아무래도 거리가 있다 보니 평일에 가기는 힘들었고 매주 주말마다 찾아갔다. 바쁘거나 일이 있으면 2주나 3주 만에 가기도 했다.

만일 내가 감기라도 걸리면 가고 싶어도 못 갔다. 그때는 또 한 주가 밀린다.

인생은 건강해야 항상 뭐든지 할 수 있다.

특히 3주 만에 올 것 같으면 엄마가 초조해할까 봐 미리 3주 뒤에 온다고 주입하곤 했다.

그런데 괜한 수고였다. 막상 3주 만에 보러 가면 엄마는 오히려 "벌써 왔냐? 난 지금부터 3주 후에 올 줄 알았다."라며 오늘부터 3주 후라고 생각하신다.

"아녀, 엄마. 지금이 3주 만에 온 거여. 조금 바빠서 이제야 왔네."

"아, 그러냐?"

전혀 다른 방식의 시간이 계산된다. 점점 흐트러지는 기억의 질서.

나의 염려는 아무런 의미가 없었다. 한편으론 차라리 마음이 놓이기도 했다.

기다림의 감정으로 인해 초조함이나 서운함을 느끼지 않으니 말이다. 그럼 된 거다.

나만 마음을 강하게 먹으면 된다.

묘하게 마음 편해진다.

엄마를 만나면 처음에는 항상 반가워하신다. 안부와 함께 대화를 조금 나누다가 금방 조용해진다. 오랜만에 봤지만 엄마는 많은 말을 하지 않으셨다. 이따금 묻기도 하지만 대부분 내가 물어야 짧게 대답하는 식이다.

물론 예전에는 안 그러셨다.

그러다 헤어져야 할 시간이 되어 막상 가려 하면 그때서야 서운해하신다.

"엄마, 이제 천천히 가봐야 되겠네. 또 올게. 엄마."

"벌써 가게야? 조금만 더 있다 가라."

"그래? 한 10분만 더 있다 갈까?"

"아니, 20분."

"…그래, 엄마."

그 20분 동안 딱히 대화가 더 있진 않다. 그냥 아들이 옆에 있는 것만으로도 삶의 큰 기쁨이고 그 자체가 그리웠을 것이다.

엄마는 친구 할머니와 함께 문 앞까지 나와 나를 배웅해 주었다.

"아들이 이제 간다고 하네."

엄마는 다른 할머니에게 말을 건네셨다. 잘 어울려 지내신 듯해, 뿌듯함이 느껴진다.

"우리 엄마, 한 번 안아보세."

사랑하는 우리 엄마. 내 어머니.

지금 우리 엄마를 애타게 그리워하는 사람은 지구상에 오직 나 하나다.

마찬가지로 엄마의 가슴 속 깊은 곳에 뿌리 박혀 있는 사람은 오로지 나다.

그렇게 엄마와 난 긴 세월을 살아왔다.

그리고 악수도 청했다.

엄마는 내 손을 잡은 채 위아래로 크게 흔드는 여유도 보이셨다.

"그래, 갈게. 엄마."

"잘 가라."

집에 잘 가라며 사랑하는 아들을 배웅해 주신 어머니는 그 낯선 집으로 다시 들어가셨다.

세상에 다시 오겠다고 약속하신 주님!

조금 더 빨리 오시면 안 될까요?

이따가 밤늦게라도 와주셨음 좋겠습니다. 아니면 내일 새벽이라도.

눈물도, 슬픔도, 어떤 아픔도 없는 세상에서 하루빨리 살고 싶습니다.

가슴 먹먹한 나의 웃음. 엄마 앞에선 울지 못한다.
항상 그랬듯 차를 타고 요양원을 빠져나가면서 울기 시작한다.
큰 도로까지 나가는 길은 좁은 비포장도로라, 처음부터 눈물범벅이 되면 안 되었다.
그렇게 울어야 숨도 쉴 수 있었고 살아갈 수가 있었다.

엄마는 그래도 제법 적응을 잘 하셨다. 규칙적인 식사로 몸도 건강해지신 느낌이었고, 우울증이나 배변 문제 등이 전반적으로 많이 좋아졌다.
요양원에는 정기적인 공연행사와 다양한 프로그램들이 있었다. 엄마는 노래도 잘 따라 부르시고 게임 활동 시간에도 잘 참여하신다고 했다. 다른 어르신들은 거의 조용한데 아주 압도적이라고 한다. 목사님이 운영하시는 시설이라 예배 시간이 있는데, 그때 찬양도 크게 부르신다 했다.
시간이 흐르면서 나의 불안함과 조급함도 조금씩 가벼워지고 있었다.
무뎌져 가는 감정이 야속하기도 했지만, 무엇보다 엄마가 잘 지내고 행복해하는 것 같아 마음이 편해지고 있었다.
물론, 가슴 속 응어리는 여전했다.
엄마의 요실금 문제로 기저귀를 했으면 한다는 원장님의 요구가

있었다

배뇨 문제는 스스로 해결하나, 소변이 바지에 자꾸 묻어나와 엄마가 침대 난간에 옷을 널고 있다고 했다.

순간 예전에 함께 살 때가 떠올랐다.

가끔 엄마 방에 들어가면 서랍장 위에 바지가 널려 있었다. 그때마다 "조심 좀 하지." 하며 엄마의 실수로만 여겼다. 엄마 또한 병인 줄도 모르고 본인의 실수로만 생각하며 스스로도 창피하셨을 것이다. 그래서 말도 안 하고 바지를 말리는 식으로 혼자서 해결한 것.

하지만 나이가 들면서 자연스런 현상인 요실금이라는 병은, 엄마의 의지와는 관계가 없었다.

기저귀를 지원받은 엄마는 그 뒤로 바지를 침대 난간에 널지 않았다.

이걸 이제야.

무지가 낳은 또 하나의 결과였다.

어느 날은 엄마가 방에 없어서 찾아보니 다른 방에 놀러 가 계셨다.

엄마는 그 방 침상에 길터앉은 채 다른 어르신들과 수다를 나누고 있었는데, 그 모습이 어찌나 여유로워 보이던지 내가 다 흐뭇했다. 그리고 그 모임은 가끔 밤까지 이어져 거실에서 야식도 함께 먹고 들어가신다고 한다.

인간은 사회적 동물이 맞았다.

엄마가 늘 그리웠지만, 그래도 다행히 더 나은 모습으로 하루하루 삶을 이어가고 계셨다.

요양원에서 제공되는 식단은 비교적 잘 나오는 것 같았다.

하지만 평소 입이 짧은 엄마는 예상대로 그저 그렇다고 했다. 늘 그랬듯이 반찬을 골고루 안 드시고 밥이랑 나란히 있는 국 정도만 드신다고 한다.

입맛을 돋우기 위해 원장님의 허락을 받고 김을 사서 개인 서랍에 차곡차곡 정리해 드렸다.

흐뭇해하시는 엄마의 모습을 보니 나도 기분이 좋았다. 김이 뭐라고.

너무 아껴먹지 말고 다른 할머니와 나눠 드시라고는 했는데, 글쎄? 엄마 성격에 그렇게 하진 않을 것 같았다.

가끔은 엄마를 모시고 밖에서 식사를 하기도 했다. 엄마에겐 외출인 셈이다.

나가서 먹자고 하니 좋아하신다. 매일매일 급식이라 지겨우실 만도 하다.

느릿느릿한 거동을 하며 앞장 서 가신다. 얼마나 나가고 싶으셨을까.

보조석에 앉아있는 엄마를 보니 오랜만에 반갑기도 했지만 옛날이 그리울 뿐이었다.

미리 봐 둔 장소로 향했다. 그냥 요양원 근처 밥바 식당이다.

전에 한번 주변을 탐색해봤는데, 시골이다 보니 식당을 찾기가 쉽지 않았다. 게다가 엄마가 멀미를 하니 멀리 갈 수도 없었다.

좋은 것을 사드리고 싶었지만, 선택의 여지가 없었다. 그렇다고 나쁘다는 것은 아니다.

엄마에게도 여기가 어디인지는 상관이 없을 것이다. 메뉴 또한 뭐가 중요하겠나. 그저 지금 이 순간, 아들과 함께 밥을 먹으러 왔다는 것이 좋으실 뿐이었다.

식당 주인이 할머니냐고 물으신다.

"우리 엄마입니다."

늦게 낳으셨다고 말씀드리며 어색한 웃음을 보였다.

보통 그런 곳에 가면 늘 있는 통과의례였다. 자주 겪는다.

다시 요양원에 모셔다드리고 아쉬운 마음만을 가득 안은 채 집으로 돌아왔다.

이제 정말 이렇게 살아야 되나보다. 믿고 싶지 않았지만, 다시는 엄마와 한집에서 지낼 수 없음이 점점 확실해지고 있었다.

아직도 현실을 완전히 받아들이지 못하고 있는 나를 느꼈다.

하지만 적어도 지금 엄마는 잘 지내신다. 그걸로 위로를 받는다.

어느 날은 엄마가 갑자기 이런 말씀을 하셨다.

"너랑 갈란다. 나 데리고 가야."

"너랑 살면 안 되냐? 너 집에서 살고 싶다."

드디어 올 것이 오고야 말았다.

엄마는 집에 가고 싶은 마음이 간절하셨다. 그래 보였다.

사실 나중에 엄마가 조금 적응되면 한 번씩은 집으로 데려올 계획이었다. 분명 언젠가는 엄마가 표현하실 거라 생각을 했기 때문이다.

다만 엄마의 인생이 우선이었기에 무너졌던 삶을 어느 정도 회복하는 게 꼭 필요했고, 다른 사람들과 어울려 놀며 다시 웃는 날을 기다릴 뿐 먼저 말을 꺼낼 수가 없었다.

엄마의 소원도 들어 드릴 겸, 지금 그것을 실행하는 것도 괜찮아 보였다.

물론 예전 엄마의 모습은 아니다. 이미 늙고 한없이 약해지신 엄마다.

휴일을 이용해 엄마를 집으로 모셔오기로 했다.

그때마다 다르긴 하지만 차를 타면 멀미가 늘 문제였다.

아니나 다를까. 거의 다 도착할 때쯤 그 녀석을 맞이할 수밖에 없었다.

그래도 엄마는 아들 집에 오는 것이 너무 좋은가 보다. 힘든 표정이 없다.

평소에 좋아하셨던 소 곰국을 포장 구매하였다.

정말 오랜만에 엄마와 집에서 시간을 보낼 수 있어 너무 행복했다.

"맛있는가?"

"응."

말없이 잘 드신다. 그리고 다 드시고 나자 엄마가 묻는다.

"이제 뭐 해?"

"뭐 할까? 엄마."

"몰라."

엄마는 무슨 말을 하든 대부분의 답변이 "몰라."다.

먹는 건 우선 해결되었으니 이제 뭘 할지 모르는 상황. 아니, 더 이상 할 게 없다.

먹고 자고 누워 있고…. 엄마에게는 그거면 충분한 세상이었다.

엄마에게 노래를 권했다. 엄마는 기분이 좋거나 부르고 싶은 마음이 들면 바로 노래를 하곤 한다. 오늘은 모처럼 아들 집에도 왔으니 기분이 괜찮아 보인다.

엄마는 약간 머뭇거렸으나, 곧 부르기 시작했다. 발음이나 가사가 정확하진 않지만 음정은 정확하게 잡으신다. 옆에 누가 듣고 있을지는 관심 없다. 열심히 소리 내어 부르신다.

엄마가 늘 부르는 노래가 있다. 엄마가 좋아하는 노래는 혼자 있을 때 나도 즐겨 듣게 된다.

엄마를 따라 함께 흥얼거려본다.

사람의 늙음이 무엇인가.

이 세상에서 잠깐 사용 중인 흙덩어리에 붙어 있는 숨이 곧 종료될 것을 알려주는 신호 외에 더 설명이 필요할까?

노래가 끝나자 다시 엄마가 묻는다.

"이제 뭐 해?"

"얘기하면서 놀까?"

"먼 얘기? 나 들어가서 눕고 싶어야."

먹었고 노래까지 불렀으니 예전에 하던 대로 또 누우려 한다. 누워 있는 게 오랜 습관이 되었고, 그렇다 보니 그게 편한 거였다.

순간 서운하기도 했다.

엄마랑 조금이라도 지낼 수 있다는 기쁨에 집까지 데려왔는데, 엄마는 본인의 욕구만 충족하는 식이었다. 거실에서 시간을 더 보내고 싶었지만 불안해하셨다.

"그려. 들어가세 엄마. 대신 소화 좀 시키고 들어가세."

아주 짧은 시간 있다가 방으로 들어왔다.

엄마 옆에 나란히 누웠다.

"그래, 누워라."

엄마를 너무 잘 알기에 무엇을 원하는지 뻔히 보인다. 내가 먼저 안 누웠으면 "너도 누워라."라고 말씀하셨을 것이다.

그래, 이 시간을 즐기자. 빨리 그래야 한다. 시간이 많지 않다.

엄마의 표정에서 불안이 없어졌다. 여유가 있어 보인다. 어쨌든 누우면 편안해지는 엄마였다.

"여기가 어디여?"

"아들 집."

"아들 집에 오니까 좋아, 안 좋아?"

"좋아."

"뭐가 좋아?"

"그냥 좋지. 편안하고."

알지도 못하는 땅에서 주는 대로 먹고, 하라는 대로 했을 엄마. 아니, 견뎌 왔을 엄마.

적어도 아들과 나란히 누운 지금 이 순간은 행복할 것이다. 표현은 미숙해도 다 느껴진다.

이대로 엄마랑 집에서 쭉 살았으면 좋겠다.

시간이 멈춰버렸으면 좋겠다는 게 진짜 이럴 때인가 보다

엄마에게 가까이 다가가 한 번 안아달라고 했다. 안겨 보고 싶었다.

그러자 엄마는 두 팔을 등에 얹으며 어색한 웃음소리를 내신다.

그저 가슴이 아프고 눈물이 난다.

무엇이 인간을 끌고 가며, 인간은 도대체 무엇을 위해 살아가는가?

짧은 2박을 하고 다시 요양원에 가는 날, 엄마는 다행히 자연스럽게 들어가셨다.

그저 내 마음만 아쉽다.

그 이후로 가끔씩 엄마를 집으로 모셔오면서 조금이라도 괴로움을 덜어내고 죄책감을 희석하려고 했다.

그렇다고 가벼워지진 않은 것 같다. 그게 잘 안되었다.

요양원에서 지낸 지 2년 정도가 되었을 무렵, 엄마의 상태가 갑

자기 안 좋아지셨다.

식사를 못하시고 그냥 누워만 계신다고 한다. 거동도 못하셨다.

급히 휴가를 내서 엄마를 병원으로 모시고 갔다.

다행히 큰 병은 아니었으나 기력이 약해져 며칠간 회복 후 퇴원하였다.

아픈 이후로 거동을 못하시게 되었다. 다리에 힘도 없고, 무리하게 걸으면 더 위험할 수 있었다. 걷지 못하는 엄마를 상상 안 해봐서 너무 당황스러웠고 가슴이 아팠다.

한 번 크게 아파 버리니 모든 것을 거의 놔버린 듯했다.

처음 시설에 엄마를 맡기며 가졌던 내 희망은, 어찌 됐든 엄마가 집에 있을 때와 달리 외롭지 않고 다른 어르신들과 어울려 지내면서 남은 삶을 행복하게 보내는 거였다.

그곳에서 잘 지내는 모습을 봐야 그나마 나의 맘이 편한데, 걷지도 못하고 침대에서 생활하는 상황이 되자 마음이 너무 괴로웠다.

사실 집 근처에도 요양원이 여러 곳 있었지만, 요양등급이 없어서 들어갈 수가 없었다.

엄마의 상태가 안 좋아져서 안타깝긴 하지만, 이번이 요양등급을 받고 집 근처 요양원으로 모실 수 있는 기회라고 생각했다. 그래서 등급심사를 위해 일단 엄마를 집으로 모시고 왔다.

의사의 소견서가 필요했기에 병원 진료를 시작으로 차근차근 준비해 나갔다.

엄마의 치매도 더 진행이 돼서 우리 엄마가 아니라 다른 사람인 것 같았다. 게다가 거동이 안 되니 손이 많이 간다. 가자 크 문제는 엄마의 배변 문제였는데, 기저귀를 갈아야 했다.

머리는 준비가 안 되어 있었지만, 내 손은 어떻게 해야 하는지를 이미 알고 있었다.

그야말로 몸 따로, 마음 따로인 내 삶이다. 벌써 몇 년째다.

기억은 당연히 안 나지만, 오래전엔 엄마가 내 기저귀를 가셨을 것이다. 세월이 많이 흐른 지금, 내 차례가 되었다. 내가 없는 시간이면 아내에게 맡겼는데 참으로 미안한 일이었다. 어려운 일에도 불평 없이 묵묵히 나의 삶을 든든하게 받쳐주는 아내다. 그저 고맙다.

목욕시키는 것도 쉽지 않았다. 그 전에 자주 해드렸기 때문에 목욕을 시켜드리는 것 자체는 문제가 아니었다. 문제는 화장실까지 모시는 게 문제였다(그전에는 걸어 들어오셨으니).

다리나 발을 다쳐본 사람은 알 것이다.

'걸어 다닐 수 있다'는 너무나 당연해 보이는 행위가 얼마나 소중한지를.

걷는 것뿐이겠나. 신체의 어느 부위든 작은 상처만 나도 삶이 불편하다.

인생에는 커다란 일이 일어나지 않아도 감사할 게 너무 많다. 그런데 막상 살면서는 또 잊어버리게 된다.

휠체어가 없었기에 수월한 방법이 없을까 고민했다.

일단 화장실 문까지는 이불을 이용했는데, 누워 있는 엄마를 그대로 끌고 왔다. 그런 다음 화장실 안에 의자를 놓고 옮겨 앉혀서 목욕을 시켜드렸다.

엄마는 늙고 야위어 보였지만, 은근히 무거웠다. 최대한 조심을 해야 했다.

양치질 헹굼은 어떻게 할지, 세수는 어떤 식으로 하고 옷은 어떻게 입혀야 하는지, 기저귀는 언제 갈아야 할지 등 하다 보니 이런 일에도 요령이 생겼다.

이불 위에 누운 채 끌려오는 엄마의 초라한 모습을 비롯한 모든 상황이 너무 가슴을 아프게 했지만, 그렇게 하지 않으면 안 되는 현실임을 알기에 어떻게든 견디며 최선을 다할 뿐이었다.

지난번처럼 직원이 나와 조사를 했고, 엄마는 장기요양 3등급 판정을 받았다.

어느 요양원이나 입소가 가능한 상황이 된 것이다. 하지만 그게 다가 아니었다. 집 주변 요양원 몇 곳에 전화를 했는데, 자리가 없었다. 등급을 받았으니 입소만 하면 되는 줄 알았는데 요양원도 자리가 나야 들어갈 수 있었다. 입소 대기를 하거나 더 외곽으로 나가야 하는 상황이었다.

입소 대기라고 해도 언제 들어갈 수 있을지 기약이 없었다.

시설을 이용하는 노인들이 생각보다 많은 세상인 것 같다.

안타깝긴 하지만 어쩔 수 없는 현시대의 모습이다.

다행히 한 요양원에 여자 어르신 자리가 하나 있었다. 바로 찾아
갔다.

역시나 그곳에도 어르신들이 많았다. 그리고 다른 어르신들과
함께 무리 지어 있는 엄마를 본다.

여전히 어색했지만, 맨 처음 느꼈던 거에 비하면 아무것도 아니
었다.

한없이 약해지신 엄마. 어르신 무리에 있는 엄마가 낯설지 않아
보이기도 했다.

엄마도 이렇게 살아가는 게 정말 맞나 보다.

그렇게 생각한 지 꽤 됐는데도, 아직까지 마음 한구석에는 엄마
를 내려놓지 못하는 내가 있었다.

입소 준비물과 함께 관련 서류를 작성하고 엄마의 상태를 요양
원에 인계했다.

엄마는 그렇게 또 다른 어린이집에 입학하셨다.

집에서 가깝다 보니 자주 요양원을 찾았다.

상태가 예전 같지 않았던 데다가, 새로운 환경에 잘 적응하는지
도 걱정이 되었다. 물론 일하시는 요양 보호사분들이 수고하고 계
시는 걸 알고 있지만, 그래도 내 맘은 늘 그랬다.

시간이 지나면서 다행히 최근 나타난 혼란스러운 모습이 많이
진정되었다. 오히려 상태가 몰라보게 좋아지는 게 눈에 보였다. 다
리에 힘이 조금씩 생기는 게 느껴졌고, 예전의 모습으로 돌아가고
계시는 듯했다.

이 상태라면 다시 일어설 수도 있겠다는 생각이 들어서 조심스럽게 시도를 해보기로 했다. 그러자 예전만큼은 아니더라도 잠시 서 있거나 다리를 떨면서도 한 발자국씩 옮기시는 것이었다.

마음의 안정을 되찾으니 뭔가 의지가 생기셨나 보다.

모든 걸 내려놓은 것 같았던 엄마가 급격하게 회복하고 있었다.

그 기복의 기준을 알 수 없었지만, 그래도 너무 기뻤다.

확실한 회복을 위해 매일 조금씩 연습해 나갔다.

절대 이 기회를 놓칠 수 없었다.

뒤뚱뒤뚱. 느리지만 어느새 짧은 거리는 스스로 걸어 다닐 수 있을 정도가 되었다.

주변에서는 다들 놀라셨다. 못 걸어 다니시던 분이 갑자기 일어나 걸으시니 기적이라도 난 양 신기해했다. 입소할 때 거동조차 못했던 모습을 봤으니 그럴 만도 했다.

하지만 불과 얼마 전까지 걸어 다니시던 엄마의 모습을 본 내게는 당연한 일이었다. 그래도 온전치는 않아서 기저귀 신세는 계속 이어가셨고, 안전을 위해 늘 휠체어를 곁에 두고 생활하셨다.

전에 계시던 요양원에서처럼 낮에는 프로그램도 어느 정도 참여하시고 노래도 크게 잘 부르신다고 한다. 하지만 가끔 갑자기 소리를 지르시는 경향이 있어서 주변에서 깜짝깜짝 놀라는 일이 있고, 어떤 날은 하루 종일 방에만 있으려 하거나 고집도 많이 부리신단다.

치매약은 계속 복용 중이었지만 시간이 갈수록 또 다른 모습이

생기기 시작했다 아무래두 병은 계속 지행되구 있는 거 같았다

집 근처이니만큼 간만에 엄마를 집으로 모셔왔다.

정신은 어지러웠어도 집에 가자고 하면 좋아하셨다.

그래도 집에만 있지 않고 주변 산책을 조금 하고 싶어서 요양원에서 휠체어도 같이 빌리기로 했다. 나의 마음을 잘 알아주시는 직원분들은 선뜻 휠체어를 빌려주었다.

오후에 곧바로 산책을 했는데 정말 오랜만에 엄마와 바깥에 나와서 그런지 그 시간이 너무 좋았다. 여유롭고 한가하게 바람과 햇살을 느끼면서 주변을 돌았다.

지나온 시간에 비하면 턱없이 짧고 엄마 역시 많이 약해져 있었지만, 이 순간만큼은 과거의 지친 마음을 다 잊어버리고 마음껏 평안을 느끼고 싶었다.

물론 엄마는 아무 생각 없다.

오히려 불안하고 조급해진 엄마는 "집에 언제 가냐?" 하며 역시 몸을 눕히고 싶어 하시는 분위기다. 변하지 않는 우리 엄마. 한결같은 엄마.

남는 건 사진이라고, 핸드폰 카메라로 엄마의 모습을 담았다. 물론 우리의 모습도.

다음 날에는 엄마와 함께 소풍을 가는 일정을 짰다.

소풍 가자는 말에 엄마는 의미조차 잘 모르신다. 그냥 알아서 하라고 한다.

모든 게 귀찮아지고 지식도 기억도 없다. 아니 없어진 지 한참 되었다.

사실 소풍이라고 해봐야 집 근처 공원에 가서 그냥 하루 있다 오는 것이었다.

문득 예전 기억이 떠오른다.

아내와 아이들 데리고 가까운 공원에 놀러 가는 날이었는데, 엄마는 본인도 데려갔음 했다. 아쉬웠지만 그때는 엄마에게 양해를 구하며 거절해야 했다. 대신 저녁에 맛있는 거 사드린다 했다.

아내도 평소 일만 하다가 모처럼 쉬는 날이었다. 엄마와 함께 가면 아무래도 편하지 않을 터. 엄마가 싫어서가 아니라, 아내를 불편하게 하는 게 싫었다.

후회하는 마음도 들긴 하지만, 당시에는 어쩔 수 없었다. 그저 가슴이 저민다.

다음날 갈 소풍을 위해 그날 저녁, 대충 물건을 챙겨 보았다.

물, 화장지, 먹을거리, 휴대용 테이블, 이불, 베개, 기저귀, 물티슈 등 챙기다 보니 생각보다 짐이 많다. 거기에 텐트는 필수였다. 기저귀도 갈아야 하고, 엄마가 눕고 싶어 하실 게 뻔하기 때문이다.

요양원에서 빌린 휠체어도 차에 실었다. 거동을 하시기는 하지만, 아무래도 바깥에서 활동할 때는 휠체어가 꼭 있어야 했다.

다음 날 아침. 나름 소풍이라고 설레었다. 또 엄마와 함께하니.

엄마는 별 관심 없는 모습이다. 늘 그랬듯이 본능을 충족하고자 하는 삶만 있을 뿐이다.

그래도 아들과 어디를 가고 무언가를 한다고 하니 표정은 좋아

보였다.

주의할 점 하나. 엄마는 혼자 있는 시간이 약간이라도 길어지면 소리를 지르는 경향이 있기 때문에 방치되어 있는 시간을 최소화 해야 한다.

가장 먼저 텐트를 쳐야 하는데 아침이라 날씨가 쌀쌀해 엄마는 차에서 기다려야 했다. 그래서 주차장 가까이에 자리를 잡았고 신속하게 텐트를 치기로 했다.

조금 길어졌는지 엄마의 목소리가 들린다. 우선 차에 가서 얼굴을 비추며 진정을 시켜드리고, 다시 와서 텐트 치는 작업을 마무리했다. 엄마를 데려온 후 짐도 재빨리 옮겼다.

그냥 막 뛰어다녔다. 집 나오면 늘 고생이다.

텐트에 들어 온 엄마는 역시나 누우려 하신다.

준비한 이불과 베개로 자리를 폈고, 자리 누우신 후에는 편안하신지 얌전해지신다.

"내가 누군가?"

"아들."

"아들 이름이 뭐야?"

참 신기하다. 기억이 점점 사라져도 아들의 이름만큼은 웬만해선 안 까먹으셨다.

"아들하고 같이 있으니까 좋은가 안 좋은가?"

"좋아."

물어야 대답을 하니 계속 묻는다. 대답을 들어야 나도 기분이 좋아진다.

　조금 전에 했던 얘기를 몇 번 더해도 괜찮다. 엄마는 늘 새롭게 받아들이시니.

　딱히 할 얘기가 없을 땐 그냥 반복한다. 질문의 내용보단 서로의 소리를 들으며 대화하는 것 자체에 의미가 있었다.

　중간에 기저귀를 한 번 갈고, 어느새 점심시간이 되었다.

　소박하지만 준비한 음식을 차린 뒤 엄마와 난 텐트 안에서 서로를 마주 보며 밥을 먹었다.

　서울로 올라온 엄마와 식탁에 마주 앉아 처음 밥 먹을 먹었던 기억이 스쳐 지나갔다.

　생각하니 그때가 또 그립다. 하지만 엄마는 그때의 추억을 기억 못하시겠지.

　시간이 많이 흘렀고, 엄마는 이렇게 늙고 약해지셨다.

　내 힘으로는 어쩌지 못하는 세월 앞에 그저 오늘 하루를 숨 쉬며 살아가고, 엄마는 지금도 그렇게 밥을 먹고 있을 뿐이다.

　밥을 다 먹으니 이번엔 또 집에 가자고 한다.

　실은 아내가 밤새 근무하고 아침에 퇴근을 했다. 푹 쉬어야 하는데 엄마가 집에 계시면 쉬는데 방해가 될까 봐 소풍을 계획했던 것이다. 아내는 괜찮다고 했지만, 나 역시 야간 근무 경험이 있었던 터라 편하게 잠을 잘 수 있도록 해주고 싶었다. 그래서 엄마를 밖으로 모셔왔다.

　엄마의 불안을 잠재우려 얼른 휠체어에 태워 산책을 조금 했다.

그리고 다시 테트로 돌아와 엄마가 좋아할 만한 찬양을 들으며 시간을 보냈다.

기저귀 상태도 한 번 체크했다. 엄마는 피곤하셨는지 코까지 고시며 주무신다.

사진도 빼놓지 않고 몇 장 찍었다.

다시는 돌아올 수 없는 시간이 담긴 사진 한 장, 한 장이 보물이다.

엄마가 지내는 요양원 방에는 엄마를 포함해서 총 네 분이 계신다.

그런데 어느 날 가보니 엄마의 자리 위치가 바뀌었다. 상황인즉슨 엄마가 원래 안쪽이었는데 방을 드나들면서 문 앞 자리에 계신 할머니를 괴롭힌다는 것이다. 다행히 보복이나 악의를 가지고 하는 것은 아니고, 장난으로 툭 건드리고 간다고. 그래서 엄마를 문 앞으로 옮기고 괴롭힘당한 할머니를 안쪽으로 옮겼다고 한다. 그 후로는 자리로 갈 때 거치는 사람이 없으니 아무 일이 없었다고 한다.

그나저나 이건 또 무슨 상황인가? 엄마에게 저런 면이 있었다니. 그저 늘 새롭다.

어느 월요일이었다.

집에 다녀간 지 얼마 안 되었는데 엄마가 또 집에 가고 싶어 하신다.

"그럼 이번 주 금요일에 가세."

"그래. 오늘은 뭔 요일이냐?"

"오늘은 월요일이여."

말이 끝나자마자 엄마는 손가락을 하나씩 접어가며 센다.

"월. 화. 수. 목. 금."

'얼마나 집에 가고 싶을까…' 하는 생각이 들게 하는 그 행동이 또 나의 가슴을 조이고 간다.

그렇게 찾아온 금요일. 예상대로 엄마는 완전히 잊어버리고 계셨다. 만약 금요일에 갈 것을 기다리며 기억을 하고 계셨다? 그러면 치매 완치 판정이다.

어하튼 집으로 모시겠단 약속이 기억에 없음에도 유난히 힘이 없어 보인다. 어디 아프냐고 물어보니 그냥 기운이 없다 하신다.

어차피 엄마를 집에 데려가려 했기에 내가 먼저 말을 꺼냈다.

"우리 집에서 하룻밤 자고 올까? 엄마?"

"그러자."

기운 없어 하시던 엄마가 벌떡 일어나신다.

사실 엄마가 집에 오면 제일 신경 써야 하는 부분이 배변 문제였다. 은근 손이 많이 가고, 냄새 때문에 가족에게 늘 미안한 마음이 들었다.

엄마의 생체 리듬을 헤아려 보니, 보통 새벽이나 이른 아침 시간에 변을 잘 보시는 편이었다. 실제 요양원에서도 그런 시간에 화장실에 앉혀 놓으면 일을 보신다고 했다.

될지는 모르겠지만 엄마한테 새벽에 마려울 것 같으면 나를 깨우라 했다.

사실 기대는 거의 안 했다. 그런데 그것이 통했다. 다행히 새벽에 엄마가 배 아프다고 하셨다. 물론 나를 깨운 건 아니었지만, 나도 긴장했는지 그 소리가 들렸다.

"그래, 엄마. 화장실 가세. 조금만 참아봐."

조금은 거동이 가능했기에 화장실에서 볼일을 해결하고 비데로 엉덩이 샤워까지 끝냈다. 손으로 기저귀를 가는 것보다 훨씬 수월하게 마무리되었다.

역시 요령이었다. 인생에서 절대로 필요한 것 중 하나가 바로 요령이다. 모르면 몸과 마음이 많이 고생함을 느낀다.

그래도 긴장을 늦춰선 안 되었다. 엄마의 병이 병인 만큼, 하나라도 놓치는 순간 어떤 문제가 언제 튀어나올지 모른다.

갓 태어난 아기의 똥은 사랑스러워서 냄새도 안 난다고 했던가.

같은 사랑이긴 하지만, 노인의 경우는 다른 것 같다. 냄새가 다소 심하다.

어느 날, 엄마가 침대에서 혼자 걸어 나오시다 잘못하여 넘어지시는 사고가 있었다.

허리가 많이 아프다고 하신다.

병원 검사 결과 척추 일부가 골절이 되었고, 결국 수술을 해야 했다.

어쩔 수 없는 사고였지만 그리되니 또 속상했다.

치매를 시작으로 요양원에서 계속되는 사건의 연속.

내가 무엇을 잘못하고 있는 것일까.

'하나님. 저 잘하고 있는 건가요?'

또다시 죄송함과 죄책감을 넘어 인생의 공허함이 강하게 밀려왔다.

해 질 무렵 공원 벤치에 앉아 있는데 노인 한 분이 내 앞을 천천히 지나갔다.

시간이 아주 빨리 흘러 저분의 모습처럼 된다면, 지금의 이 아픔과 고통이 다 지나가 있지 않을까. 혹 저분이 자신의 노년과 내 젊음을 지금 바꾸자 한다면 아무 조건 없이 즉시 하리라.

나름 정신적으로 강하다고 생각했는데 한없이 무너지고 있는 나 자신을 보았다.

수술 전날인 수요일. 예배가 있어서 교회에 갔다.

설교 제목은 '하나님과 같이'였다.

하나님께서는 나의 마음을 아셨는지 위로의 손길을 건네셨다

그렇다. 혼자가 아니었다. 외로운 나의 수고만 있지 않았다.

염려와 고민의 한복판에 빠져 힘들어할 때 하나님도 아파하셨고, 내가 울 때는 그분도 함께 우셨음을 느낄 수 있었다.

엄마는 나의 어머니이기도 하지만, 동시에 하나님께는 당신의 자녀이셨다. 지구를, 아니 온 우주 만물을 만드시고 지금도 그 모든 움직임을 주관하는 그분이 내일 엄마의 수술 현장에 함께 하실 것임을 깨달았다.

알파와 오메가, 처음과 나중이 되시는 하나님께서 내 옆에 계시다는 사실에 세상에서는 줄 수 없는, 엄두조차 못 내는 평안과 위로가 찾아왔다.

다행히 수술은 잘 되었다.

다만 치매를 비롯해 몸의 전반적인 기능이 더 약해졌고, 이제 더 이상 걸을 수도 없었다.

그 후로 엄마가 집에 다녀가는 것은 무리였고, 내가 요양원에 더 자주 들르는 것이 가장 현실적인 방향이었다.

수년 전, 나는 엄마를 시설에 맡겼다. 엄마는 그런 결정에 따라 본인의 의지와 상관없이 아들과 떨어졌다. 엄마에게 필요한 돌봄과 또래와의 어울림 등을 다 떠나서, 엄마가 느끼기에 당신을 버렸다는 생각이 얼마든지 들 수 있다. 가족과는 철저하게 격리되었다는 극한의 외로움.

어찌 됐든 집이 아닌 요양원이었다. 시설에서의 한계가 분명 있음을 알기에 가능하다면 한 번씩 집으로 모셔오기도 했고, 또 내가 요양원을 자주 찾음으로써 결코 혼자 멀리 떨어져 있는 것이 아니며 아들이 언제나 가까이에 있음을 느끼게 해드리고 싶었다.

어차피 집에서 모시기는 어려웠기에, 그 상황에서 할 수 있는 가장 최선의 방법을 이어왔다. 다행인지 불행인지 엄마는 치매라는 묘한 병으로 인해 모든 현실에 적응을 수월하게 하는 모습을 보였다.

엄마의 주변에서 늘 고생하시는 분들이 계신다. 요양보호사님이시다.

식사 시간이 되어 밥을 기다리고 있는 그 잠깐 동안도 빨리 달라고 소리를 지르시고, 밥시간이 아니어도 언제 밥을 주냐며 항상 소리치신단다. 또한 엄마는 기저귀에 일을 보시고 그것을 만지신다고 한다. 그것이 찝찝하고 걸리적거리는 것인지 방바닥에 집어 던지기도 하신단다. 내가 요양원에 갔을 때도 방바닥에 던져진 변을 목격한 적이 있다.

그럴 때마다 요양보호사분들은 치매라 어쩔 수 없다며, 나에게 괜찮다고 하시면서 얼른 바닥을 치우고 엄마를 모시고 가 목욕까지 시켜주셨다. 묵묵히 일하시는 요양보호사님들의 모습에 늘 감사하고 죄송한 마음뿐이다.

엄마와 인사하고 나오는 어느 날, 보호사님이 마침 기저귀를 갈기 위해 방으로 들어갔다. 그런데 엄마에게 하시는 말씀이…

"방금 누가 왔다 갔네? 누구여?"

"아들."

"아들이 뭐라고 하셔?"

"응. 건강하고 오래오래 살라고."

보호사님과 엄마의 대화가 들렸다.

내가 말한 것을 엄마는 기억하고 계셨다.

아무 생각 없는 듯 보여도 나의 말을 분명히 듣고 계셨다.

겉은 더 늙고 못 쓰게 되고, 정신은 병으로 항상 묶여 있지만 마유속 저 깊은 곳은 언제나 아득 하나로 가득 차 있음을 느끼다 물론 그때마다 다르긴 하지만.

엄마 미안합니다. 오늘도 미안합니다. 사랑하고 늘 사랑합니다.
잠깐의 울컥함과 함께 삶을 또 이어간다.

한 달에 한 번, 요양원으로부터 생활 기록지가 이메일로 온다.
체온과 혈압, 식사, 행동 사항, 특이사항 등 일상생활의 세세한 부분까지 기록한 내용이다. 쭉 훑어보면 엄마의 삶을 간접적으로 느낄 수 있다.
신체적인 면에서는 특별한 게 없지만, 치매로 인한 문제가 늘 있다. 평소 괴성은 기본이고, 얌전히 있다가도 갑자기 큰 소리로 노래를 부르기 시작해 주위 분들이 놀랄 때가 많다고 한다. 특히 밤낮을 안 가리는 그 소리에 어르신들이 잠을 못 자는 상황도 많다고 한다.
대인관계 문제도 심각했다. 소파에 앉아 있으면 다른 어르신에게 괜히 시비를 걸거나 욕을 하며 거칠게 대하는 등 난폭해지는 경우가 자주 있단다.
정도의 차이가 있긴 하지만 하루도 빠짐없이 그 문제가 반복되고 있었다.
엄마의 치매는 정말 무서웠다. 끝도 없었고, 예측이 안 되는 특징이 많았다.
비정상적인 여러 상황. 다 표현할 수 없다. 정말 다양한 모습이 나타난다.

남은 인생을 요양원에서 보내야 한다는 숙명을 이제야 인지하신 걸까.

자유롭지 못하고 그렇게 갇혀서 하루하루 살아가야 한다는 신세를 다 알아버렸을까. 아들의 집에서 함께 살고 싶은 마음을 참고 또 참으며 지낼 수밖에 없었던 수많은 시간.

그 마음은 어떤 마음일까.

욕구가 충족되지 않는 게 쌓이고 쌓여, 그동안 표현을 못하고 계시다가 이제 당당히 세상에 표출하시기 시작하면서 점점 상태가 악화되고 심해지는 게 아닌가 생각도 들었다.

그렇게도 순하고 너무나도 착했던 엄마였는데.

제한적인 격리, 고강도 약물 등 여러 방법을 동원하며 지켜봤지만 다 일시적인 조치일 뿐 근본적인 해결이 되지 않았다. 많은 분에게 피해를 끼치는 것 같아 내 맘도 편하질 않았다.

요양원 측에서는 다른 방법을 찾아보자며 어떻게든 더 모셔보겠다고 했지만, 뭘 하든 쉽지 않은 상황이라 속으로는 옮겨 가주었으면 하는 바람도 있었을 것이다. 당연한 거였다. 차마 그런 말은 나에게 못하셨지만, 아무래도 한계가 있는 듯했다.

원장님과 상의 후 엄마를 모시기에 적합한 새로운 요양원으로 옮기기로 했다.

사실 적합한 곳이 따로 있는 건 아니었다. 그 요양원에 너무 피해를 주는 것 같아 우선은 옮기는 게 옳다는 생각이 들었고, 엄마에게도 환경의 변화를 주고 싶었다.

늘 해왔던 입소 절차를 다시 반복했고, 엄마의 생활을 또 지켜보았다.

이제는 아픔과 안타까움보다는 엄마가 어떻게든 잘 적응하기만을 바랄 뿐이었다.

처음에는 다소 적응하는 듯했다. 하지만 시간이 지나면 비슷한 상황이 발생했다. 그래도 전처럼 심하진 않았고 오히려 얌전한 날도 차츰 많아졌다.

이유는 역시 알 수 없었다.

하지만 병의 특성상 끊임없는 감정의 기복이 있었고, 사건은 늘 터졌다.

이후, 크게 다르지 않은 문제와 요양원의 여러 상황 등으로 몇 번을 옮겨 다녔다.

엄마는 보통 나랑 있을 때는 내가 곁에 있음을 느껴져서인지 심한 증상이 별로 안 나타났다. 물론 혼자만의 몸짓과 중얼거림은 계속 보인다.

그러다가 헤어질 때쯤 되면 증상들이 또 나타났다.

"더 있다가 가라."

그런 말을 엄마가 하실 때가 있는데, 그럼 엄마 옆에 잠깐 더 앉아 있었다.

진짜 나와야 할 때가 되면 괴로워서인지 나름의 모습으로 기분을 표출하기 시작한다. 소리를 지르고 혼란스러워하신다.

치매라서 그렇다고 보호사님들이 얘기하신다.

맞다.

하지만 나는 엄마의 마음을 짐작해 보고, 모든 게 나 때문에 그렇게 된 것 같아 괴로웠다.

치매의 사전적 의미이다.

'지능, 의지, 기억 등 정신적인 능력이 현저하게 감퇴한 것.'

왜 감퇴했을까. 그리고 이렇게 추가해 본다.

'그 병은 본인의 문제와 별개로 타인에 의해 생길 수도 있다.'

그저 하나님께 기도할 뿐이었다. 쓰디쓴 눈물이 나왔다.

울지 않으면 몸이 썩을 것 같아, 그 쓴 물을 빼내야 했다.

인생의 출발지가 남들과 조금 달랐을 뿐인 것 같은데, 세상의 바람은 내게 너무 차가웠다.

그래도 어떻게 하겠나. 힘겹지만 감당해야 한다.

다행히도 혼자가 아니었다. 내 옆에는 늘 아내가 함께 있다.

사실 이 하나만으로도 엄청나게 큰 힘이 되었다.

엄마와의 만남에는 아이들을 자주 데려가는 편이다.

아이들을 대하는 엄마를 보면 참 신기한 마음이 든다.

나랑 비슷하게 생긴, 내가 낳은 두 녀석을, 나를 낳은 우리 엄마가 보며 흐뭇해하는 모습.

가끔 엄마는 아이들의 손을 휘주어 잡기두 하고 꼬집으려구두 한다.

귀여운 손주들을 사랑스러워하는 엄마의 마음이 보인다.

아이들을 보면 나도 이렇게 좋은데, 엄마는 얼마나 좋아하고 싶어 할까.

하지만 세월이 야속하다.

늙고 병든 엄마에겐 아이들과 노는 것도 힘든 일로 느껴진다.

아이들에게 할머니 안마 좀 해 드리라고 한다. 그리고 이렇게 말하게끔 한다.

"할머니 사랑해요. 건강하시고 오래오래 사세요."

아이들이 어려서 스스로는 안 하니, 억지로 하게끔 시킨다.

엄마한테도 이렇게 말한다.

"얘들한테 한마디 해줘 봐."

뭐라고 할지 모르는 엄마에게 "공부 열심히 하고 건강해라."라고 말하게끔 또박또박 알려준다.

"공부~ 건강해라."

어눌하지만 비슷하게 따라 하신다.

오랜 시간 느꼈던 죄책감, 그리움, 혹시 엄마가 느꼈을 서운함까지도 어떻게든 줄이고 싶은 간절한 마음에 내 아이들까지 동원한다.

엄마는 나를 보면 어떤 마음이 들까. 아들을 그리워할까?

항상은 아니겠지만 문득 강하게 생각날지도 모른다.

참고 또 참다 보니 그리움이 너무 단단해져서 느끼지도 못하는 건 아닌지 모르겠다.

요양원을 찾은 어느 날. 그날은 나의 생일이기도 했다.

무조건 모를 수밖에 없지만, 대화도 할 겸 엄마에게 물었다.

"오늘이 음력 10월 11일인데, 혹시 무슨 날인지 아는가?"

생일인 날짜를 강조해서 말하면 좀 더 가능성이 있을지도 모른다.

"몰라."

그래, 그게 정답이었다.

"오늘이 내 생일이여, 엄마."

"응."

역시 담담. 어떤 대답을 바란 건 아니었기에 얼른 말을 이었다.

꼭 하고 싶었던 말을 아주 천천히.

"엄마가 이 세상에 나를 태어나게 해준 날이여. 마흔다섯에. 그것도 집에서."

그때가 떠오르신 듯 서투르지만 고개를 약간 끄덕이신다.

엄마에게 몇 살에 나를 낳았냐고 물어보면 마흔다섯이라고 똑똑하게 대답하셨다. 항상 기억하고 계셨다. 치매가 아무리 심해져도 아들의 이름과 자신이 아들을 낳은 나이는 신기하게 늘 기억하셨다.

"엄마가 그렇게 낳아 고생해서 나를 키워줬네."

"응."

175

계속 고개를 끄덕이다

당신이 낳은 아들이 지금 바로 앞에 있으니 너무 외로워 말고 앞으로도 아무 걱정하지 말기를 바라는 나의 간절한 소망.

"아이고, 우리 엄마 고생 많았네. 너무 고마워. 내가 이렇게 엄마 많이 사랑하네. 엄마 덕분에 내가 이렇게 커서 돈도 벌고, 결혼도 하고…."

"결혼했냐?"

듣고 있다가 갑자기 물으신다.

몇 번이나 아내와 아이들을 데리고 요양원을 들락거렸다. 하지만 이제는 그러려니 할 뿐이다.

"응. 결혼했네. 아들도 둘이나 있고."

"아, 그러냐?"

"응. 다 엄마 덕이여. 우리 엄마 고생 많았네."

손등으로 엄마의 볼을 비비며 모진 세월을 보낸 엄마의 삶을 위로하고 격려했다.

이렇게라도 표현해야 내 맘이 편하다. 이것이 지금 내가 엄마에게 할 수 있는 최고의 방법.

대화 도중 엄마의 이런 돌발 질문이나 답변에 웃음이 나올 때가 있다.

치매라는 병엔 때론 유쾌함도 있다.

"아버지는 뭐 하냐?"

내가 중학교 2학년 때 이미 돌아가신 그 남자에 대해 묻기도 하시고, 어떤 날은 아주 자연스럽게 대화를 하시기도 했다.

"내가 그런 걸 다 모르겠냐? 다 알제. 너도 아까 그 말을 하드만."

이런 식으로 아주 긴 문장을 표현하실 때도 있었다. 깜짝 놀라고 기가 찼다.

평소에는 거의 "왔냐.", "몰라." 이 두 마디로 끝이었다.

매일매일 세상을 새롭게 살아가는 엄마다.

정치, 경제, 사회, 문화, 오늘의 날씨마저 엄마의 세계에는 존재하지 않는다.

그저 숨을 쉬면서 배고프면 먹으면 되고, 잠이 오면 자면 되고, 깨어 있을 땐 눈을 깜빡이는 그런 삶이 있을 뿐이다. 그것이 엄마의 남은 인생이다.

어느 날. 어버이날도 다가오고 해서 아내가 아이들 데리고 엄마에게 갔으면 해서 함께 다녀왔다.

네 명이서 그렇게 무리 지어 가더라도 처음엔 누군지 항상 알아보지 못한다. 사실 나 혼자일 때도 가까이 가서 "아들 왔어."라고 해야 인지하시지, 그냥 앞에서 지나가기만 하면 나조차도 아예 몰라보신다. 그리된 지 오래됐다.

짧은 시간을 보내고 이제 가야 할 시간. 아이들한테 할머니께 인사드리라고 했다.

"할머니 안녕히 계세요. 저희 다음에 또 올게요."

그 순간 돌발상황이 발생했다. 갑자기 엄마의 울음이 터져버렸다. 계속 무덤덤하게 계시다가 마지막 건네는 두 손자의 인사와 함께 울음이 터져 버린 것이다.

엄마는 정말 큰 소리로 통곡하시며 나도 데려가라고 하며 서럽게 우셨다.

요양보호사들도 놀랐는지 상황을 지켜보기만 했다.

너무 당황스러웠지만, 겉으로는 강하게 보여야 했다. 그 상황에서 나조차 울음을 터뜨리면 안 되었기에 꾹 참아야 했다. 공교롭게도 엄마의 통곡 소리는 내가 혼자 있을 때 소리 내어 우는 것과 비슷했다. 마치 나를 보는 것 같은 기분이었다.

'엄마! 엄마의 마음을 압니다. 그래서 내 마음이 더 아픕니다.'

나는 눈을 감고 엄마를 안을 수밖에 없었다.

눈물이 쏟아지려 했지만, 한번 틈을 주면 터질 것 같아서 어떻게든 참아야 했다.

수없이 나를 괴롭히며 쓰러뜨리려 했던 그 무거운 죄책감을 겨우 달래며 여기까지 왔다. 지금 못 버티면 그 노력이 다 허사가 될 것 같았다. 다시 처음부터 다져 나갈 자신이 없었다.

수년 전 어린 손자들과 함께했던 시간이 떠올랐을까.

당신을 놔두고 모두가 항상 떠나가기만 했던 현실을 원망했을까. 오늘 역시도.

그토록 아들을 그리워하며 집에 가고 싶었을 엄마의 외로운 싸움.

엄마는 그날 조금 맨정신으로 돌아왔던 것 같다. 평소 치매로 기억을 못하는 엄마가 아닌, 가장 정상에 가까운 감정을 느끼신 게 아닌가 하는 생각이 든다.

엄마는 진작 그랬어야 했다. 그게 당연한 거였다.

사실, 처음 요양원에 엄마를 모시면서 마음의 준비는 늘 하고 있었다.

하나는, 언제든지 엄마가 집에 가고 싶어 할 수도 있을 거라는 부분이었다.

실제로 엄마는 몇 번이나 집을 그리워하시며 가고 싶어 하셨다. 그래서 매번 모실 순 없었어도 가끔 엄마를 모시고 왔던 것이다.

물론 이제는 힘들다. 지난번 척추 수술 이후 엄마의 상태가 너무 안 좋아졌다.

또 있다면, 엄마가 난리를 치며 여기서 안 산다고 할 부분이다. 하지만 이건 가능성이 높지 않다고 여겼다. 언젠가 한 번은 그런 일이 벌어질 수 있지 않을까 생각한 적은 있지만, 여태껏 한 번도 일어나지 않았기에 늘 다행이라 생각해왔던 것이다.

그러다가 오늘, 엄마는 처음으로 그 가능성을 비슷하게 표현하셨다.

늘 생각해왔으면서도 막상 엄마가 그러니 너무 놀랐고 어찌할 바를 몰랐다.

한편으론 그나마 다행이라 생각했다. 만약 시설에 처음 맡겼을 때 엄마가 그러셨다면 나는 정말 너무나도 긴 나날을 괴로워했을

지도 모르다

모두가 당황한 상태에서 1시간 같은 짧은 몇 분이 지나자, 엄마가 조금씩 진정하는 듯했다.

그래도 한 번에 우르르 다 나가면 또 그러실까 봐 일단 아내를 먼저 내보냈다. 그리고 엄마에게 말을 걸면서 휠체어를 밀어 실내를 한 바퀴 돌기 시작했다. 그 다음 아이들을 한 명씩 마저 보냈고, 실내를 몇 바퀴 돈 후 '이제 됐겠지.' 싶은 순간 엄마가 다시 흐느끼기 시작했다. 다시 말을 걸며 실내를 더 돌았다.

하지만 엄마의 기분을 계속해서 맞춰 주기엔 아내와 아이들이 기다리고 있었기에 어쩔 수 없이 끊어야 했다. 마치 어린이집에 맡기려고 할 때 엄마 품에서 안 떨어지려 하는 애를 강제로 맡기고 뒤돌아서는 상황처럼 말이다.

살면서 가끔 생각해 본다.

만약 내가 장애가 있었더라면 엄마는 나를 어떻게 하셨을까.

나처럼 시설에?

엄마는 그러지 않으셨을 것이다.

물론 정도에 따라 달랐겠지.

인간은 누구나 늙고 병들어 간다. 엄마도 그 과정을 밟아야 하는 건 당연했다.

엄마를 시설에 맡기는 과정이 만약 이러했다면 지금처럼 내가 괴롭진 않았을 것 같다.

예를 들어 집에서 엄마를 모시며 살다가 어느 순간 상태가 안 좋아져서 치매가 심해지는 것은 물론 거동조차 못하시는 등, 더 이상 집에서는 돌봄이 힘들었다면 선선히 인정하며 엄마를 시설에 맡겼을 것이다. 물론 마음이야 아팠겠지만, 그래도 어쨌든 할 일을 어느 정도 했다는 생각이 들었을 것이다.

하지만 처음 시설에 맡길 때, 엄마의 상태는 그리 나쁜 편이 아니었다. 사실 엄마가 나이가 점점 들어가면서 나타난 행동들이 그냥 노인이 되면서 나타나는 일반적인 현상인지, 아니면 어떤 병적인 이유인지 나는 알 수 없었다. 약간의 헷갈림이 있었던 것이다.

어찌 되었든 엄마의 몸은 정상적인 상태가 아니었고, 그 상태로 방치했다가 더 악화가 되면 안 된다고 판단해 엄마에게 그나마 적합하다고 생각하는 환경으로 이끌었던 것이다.

그러다 어느 순간 무너져가는 엄마를 바라보며 내 선택에 후회가 밀려왔다. 하지만 되돌리기에는 너무 많은 일을 겪었고, 그때마다 눈 앞에 펼쳐진 상황에 대처하는 것만으로도 버거웠던 것 같다.

오랫동안, 그리고 지금까지도 그 선택이 과연 적절했는지, 정말 최선이었는지를 늘 생각하고 끊임없이 반복하고 있다.

그날 밤 아내랑 아이들이 다 잠든 후, 이불을 덮고 한참을 울었다.

눈물이 나면 더 약해질 것 같지만, 그래도 울고 나면 더 단단해짐을 느꼈다.

어떤 화학적 기전이 있는지는 모르지만 중독성이 있어서인지 살면서 종종 이용한다.

어느 순간 소리 없이 우는 방법두 터득하게 되었구, 길거리에 있거나 주위에 사람들이 많은 그런 상황에서도 눈물 없이 가슴으로 우는 게 가능해졌다.

엄마 앞에서는 그럴 필요가 없었던 게, 고개는 나를 쳐다보고 있는 것 같아도 전혀 인지하지 못하셨기 때문이다. 보통은 참지만 가끔은 눈물이 나와 버릴 때가 있는데, 그런 건 좋은 점이었다.

다음 날, 요양원을 다시 방문했다. 아니, 반드시 가야 했다. 궁금했다.

엄마가 괜찮아야 했다. 어제의 감정이 아직도 남아있다면 내 마음이 더 아플 것이다.

엄마는 다행히 기억을 못하셨다. 치매라는 병이 고맙기도 했다.

그렇게 가슴 아픈 어제와 오늘을 보내고, 늘 그랬듯이 엄마는 엄마대로 나는 나대로 삶을 이어갔다.

엄마 사랑합니다. 엄마 그립습니다. 죽을 때까지 엄마에게 죄송할 것 같습니다.

엄마와 헤어질 때 항상 기도를 한다.

"엄마, 기도 같이 할까?"

"그래."

기도하는 건 거절하지 않으신다.

엄마가 잘 들을 수 있게 귀 가까이 대고 아주 느리게, 또박또박 짧은 기도를 한다.

"하나님, 오늘 하루도 우리 엄마 김영희 집사님과 같이 해주셔서 감사합니다. 엄마가 외롭지 않게 하시고, 항상 즐겁고 행복한 생각만 하게 도와주세요. 마흔다섯에 낳은, 하나뿐인 사랑하는 아들도 하나님이 언제나 지켜 주세요. 예수님의 이름으로 기도합니다. 아멘."

엄마를 위한 것, 그리고 엄마가 바라는 소원까지도 짧게 담아서 기도를 한다.

기도가 끝날 때 엄마는 큰소리로 아멘도 하신다. 기도 중에도 여전히 불안한 몸짓을 하며 딴생각을 하는 것 같지만, 중간에 고개를 끄덕이시며 동의하시는 모습을 볼 수 있다. 그러다가 마지막 '예수님의 이름으로'라는 부분이 나오면 곧 기도가 끝날 걸 예상하고 아멘 준비를 하신다. 다 듣고 계신 엄마였다.

엄마의 손을 꼭 잡으며 인사했다.

"내가 이렇게 매일매일 얼굴 보러 올 테니까, 우리 엄마는 아무 걱정하지 말고 밥 잘 먹고 좋은 생각만 하서. 오래오래 나랑 같이 삽세. 또 올게. 엄마."

"응."

고개를 끄덕이며 초점 없는 눈으로 인사를 하신다.

물론 날마다 가진 않는다. 하지만 그 순간만큼은 엄마의 마음을 편안하게 해드려야 한다.

그 시간이 지나면 또 치매가 도와줄 것이다.

사실 바쁘게 지내다 보면 잠시 엄마를 잊게 되는데, 그동안에는 나의 생활이 좀 윤택해지는 것 같다. 난감하지만 엄마를 잊음으로

써 누릴 수 있는 행복도 있었던 것 같다.

엄마에게만 너무 몰두하다 보면 거기에 얽매이게 되고, 삶이 우울하고 무기력해졌다.

나가면서 뒤를 돌아 엄마의 모습을 멀찍이서 본다.

무표정한 모습으로 이따금 고개를 갸우뚱하며 계속 천정을 바라본다.

늘 그랬듯 시간의 흐름에 몸을 맡긴다. 물론 마음은 시간의 영향을 받지 않는다.

현재 엄마가 지내고 계시는 요양원 앞에는 이런 문구가 적혀 있다.

효를 행하는 사람은 아름답다

효.

국어사전에서 의미를 찾아보니 '어버이를 잘 섬기는 일'이라고 되어 있다.

또 다른 사전에는 '부모에 대한 공경을 바탕으로 한 자녀의 행위'라고 되어 있다.

나는 아름다운가.

엄마를 잘 섬기고, 그 행동이 공경을 바탕으로 하고 있나.

최선을 다한다고 해도 그 행위의 대상이 그렇게 느껴야 할 텐데 말이다.

가끔 요양원을 다녀가는 다른 가족들을 보기도 한다.
모두가 비슷한 마음으로 살아갈 것이다.

마음의 퇴원

최근에 요양원에 간 그날도 평소처럼 짧은 안부를 시작으로 엄마와 시간을 보내고 있었다. 조금 있으니 마침 간식 시간이었는지 빵과 음료가 나왔다. 빵만 잡수셔서 텁텁할까 봐 음료랑 같이 드시라 하면서 손에 쥐어 드렸다.

"맛있어, 엄마?"

"응."

드시는 모습을 옆에서 지켜보았다.

다 드시고 조금 있다가 인사를 하고 나왔다.

"엄마 나 가볼게. 또 올게, 엄마."

"응."

그날은 요양원비 결제도 할 겸 원장님을 만나고 가려 했다. 그런데 원장님은 일 때문에 근처 나갔다가 돌아오는 중이라고 했다. 곧 도착한다는 모양. 그래서 잠깐이라도 엄마 방에 다시 들어가 있기로 했다.

내가 들어가자,

"누구여?"

"응. 아들이여."

"왔냐? 오랜만에 왔네."

새롭게 맞이하는 엄마였다. 엄마에게 인사하고 나간 지 1분이 채 안 지났다.

"엄마, 조금 전에 간식 드셨지? 빵이랑 음료."

"응."

그건 기억하신다. 방금 직접 드셨으니.

"그때 간식 먹을 때 옆에 누가 있지 않았어?"

"아무도 없었어."

"아들도 없었어?"

"응. 아무도."

"…그래, 엄마."

어느 순간부터는 헤어질 때 드러내셨던 불안함과 서운함조차 볼 수 없었다. 또한 집에 가자는 말씀도 아예 안 하셨다.

조금은 들쭉날쭉하지만 기억력, 인지력, 감정 등은 거의 백지화되어 갔다.

상상하긴 싫지만 언젠가는 나도 아예 몰라보실 수도 있을 거다.

등본상에는 모자 관계인데 나와 아무 관련이 없는 사람이 된다니.

150년 전, 당시 지구에서 살다 떠난 약 70억 명의 사람들과 나의

관계처럼,

느낌이 어떨까.

오늘도 엄마를 가슴에 묻는 연습을 해 나간다.

엄마를 보고 있으면 그저 안타깝다. 그럼에도 아내와 아이들을 생각해야 했고, 모든 것을 엄마에게 집중할 수 없었다. 끝도 없는 후회를 하는 것보다 더 중요한 것이 나의 인생이었다.

엄마는 무슨 생각을 하며 시간을 보낼까.

이것은 어디까지나 나의 염려다.

만약 엄마의 정신이 보통 사람 같았다면 정말 미칠 것이다.

얼마나 외롭고 답답할 것인가. 하지만 엄마는 지금의 모습 그 자체가 정상이다.

그리움과 어떤 불편의 마음 없이 하루하루를 자연스럽게 보내고 있다. 엄마가 여기까지 오는 중에 느꼈을 심정은, 지금은 중요하진 않다. 그 감정이 어떤 형태이든 남은 엄마의 삶에 어떠한 영향도 발휘하지 못한다.

나에게도 마찬가지다. 이제는 전부 지나간 시간일 뿐이다.

과거를 바꿀 능력이 나에겐 없다.

마음가짐에 따라 양심의 무게도 조금씩 변화하는 것 같다.

사실 요양원이나 주변에서는 그전부터 엄마를 내려놓으라고 했다. 포기하라기보다는, 이제 엄마의 여생은 순리에 맡기고 나에게 주어진 삶을 살아야 한다는 그런 의미였던 것이다.

언젠가, 엄마는 나를 보자마자 "어떻게 알고 왔냐?"며 의아해하셨다.

　아무도 모르는 아주 외롭고 험한 곳에, 아들조차도 알 수 없는 그곳에 누군가가 당신을 숨겨 가두었다고 여기셨을까. 도저히 못 찾을 거라 생각했는데 아들이 용케도 찾아왔으니 반가웠던 게다.

　엄마의 그 말에 놀랐기도 했지만 동시에 몸에서 힘이 나는 것 같았다. 그렇게 생각한 이유야 어찌 됐든, 치매가 치료를 하는 것 같았다. 좋은 병이었다.

　많은 일이 지나갔다. 가슴이 아팠고 많이 울었다. 캄캄했고 두려웠다. 외로웠다. 죄송했다.

　무엇보다 엄마가 절망을 하실까 봐 괴로움과 거친 숨도 쉬었다. 그런데 모르신다.

　지금 이 순간 본인이 왜 여기 있는지, 그렇게 오랜 시간 동안 무슨 일이 있었는지, 아니 생애 전체를 아예 기억하지 못하신다. 단지 당신 앞에, 당신을 찾아온 당신이 낳은 아들이 있을 뿐이다. 치매는 완벽했다.

　돌아보면, 엄마에 대한 아쉬움보다는 세상에 대한 무지가 더 컸던 것 같다. 마주하는 현실은 어떻게든 참고 견뎠던 것 같은데, 정작 앞을 내다보는 것은 서툴렀다. 그래서 주변을 서성이며 엄마에게 접근하려고 하는 질병들을 보지 못했다.

　세상에는 수많은 병이 있다는 것을 나이가 먹으면서 알게 되었다. 의학이 발전하면서 병을 예방하는 기술도 뒤따라 발전해 오고 있었다는 것도.

조금만 눈을 돌렸으면 좋았을걸. 왜 그런 생각을 아예 못했을까.

내가 너무 어렸던 것도 사실이다. 엄마가 예순일 때 난 열여섯이었고, 혼자였다.

하루하루 나이를 먹어가는 엄마가 늙어가고 있다는 생각을 깊게 하지 못했다.

세상 앞에 드러낸 서투름과 무지. 엄마와 나에게 세상은 너무 크고 넓었다.

그래서 나만 그런 줄 알았는데, 누구에게나 인생은 처음이었다.

다 어려울 테다.

세월이 흐르며 경험이 조금씩 쌓이다 보니, 앞으로 일어날 가능성에 대해 한 번 더 생각하게 되는 여유라는 힘이 조금씩 생기는 것 같다. 그런 의미에서 내가 지금 신경 써야 할 건 없는지 주위를 한 번 살펴보게 된다.

그렇다고 완벽히 대비할 순 없겠지.

불완전한 인생이기에 생각한 대로 결코 살아갈 수가 없다. 미리보기 기능 또한 없다.

혹 짜인 각본대로 움직여 어떤 아쉬움 없이 살아 그럴싸하고 완벽한 삶으로 보일지라도, 그것이 과연 피할 수 없는 죽음 앞에서 얼마나 큰 자랑거리가 될까 싶다. 세상에 태어나 많은 축복을 받고 열심히 달려 이룬 모든 것이 끝에 가서 죽음과 함께 그냥 사라지는 거라면… 글쎄? 그렇다면 굳이 세상에 나왔어야 했는가 하는 생각도 든다.

그냥 좋은 경험이었다? 그조차도 의미가 있을까.

어쨌든 죽음이 종료라면 이래도 저래도 인간의 삶은 허무 그 자체다.

그러나 죽음은 반드시 찾아올 것이다.

눈을 들어 보면 이 땅에서의 삶이 영원하지 않다는 것을 잘 알 수 있다.

분명히 세상 속에 섞여 있지만, 세상은 자신의 것이 아니다.

끝이 반드시 있다. 무한리필 식당도 시간은 정해져 있다.

우리가 무지를 넘어서야 하는 이유이다.

지혜는 진주보다 귀하니
〈성경〉

근데 정말 인생이 그렇게 지독할 정도로 허무한 거라면 삶이란 것은 너무 처량하고 잔인하다.

단지 인생을 한탄만 하려는 게 아니다.

중요한 것은 그토록 허무한 세상일지라도 허무하지 않게 느껴야 하는 이유가 있다는 것이다.

이것이 바로 무지와 관계된 문제일 것 같다.

이미 수많은 사람과 수없이 많은 자료에 의해 알려져 있다.

우리 인생이 허무하지 않은 이유는 바로 하나님 덕분이다.

하나님은 인간의 죄를 해결하기 위해 예수님을 이 세상에 보내 주셨고, 그분을 믿는 모든 사람에게는 천국에 입성할 수 있는 기회를 주셨다. 한 번뿐인 짧은 인생을 서투르게 보낸 육체 덩어리는 흙으로 돌아갈지라도, 우리의 영혼은 완전하신 하나님이 준비해 두신 영원한 나라에 들어갈 수 있다는 것이다.

인간은 그렇게 만들어졌다.

허무하지만 결코 허무하지 않은 세상인 것이다.

내 무지와 서투름은 하나님 앞에서는 아무것도 아니었고, 그렇기에 이 책이 세상에 나올 수 있었다.

하나님을 믿지 않는다면 솔직히 이해하기 힘든 것이 사실일 수 있다.

애초에 피조물인 인간이 창조주 하나님을 안다는 것 자체가 불가능한 일이다.

수많은 자연 현상과 세상의 오묘한 질서조차 다 이해할 수 없다.

바람의 길이 어떠함과 아이 밴 자의 태에서 뼈가 어떻게 자라는 지를 네가 알지 못함 같이
〈성경〉

천국이라는 게 정말 있을까?

이 땅에서 죽는다는 건 조금 알겠는데, 그 이후의 세계가 또 있다고?

하루하루 살기도 버거운 현실이다.

　　한번 죽는 것은 사람에게 정해진 것이요 그 후에는 심판이 있으
리니
　〈성경〉

　그저 어떻게든지 많은 사람이 하나님을 만나고, 믿음으로 무지
를 넘기를 기도할 뿐이다.

　엄마가 나에게 물었듯이 나 역시 하나님께 묻는다.
　"그런데 하나님, 어떻게 알고 제 인생에 찾아오셨나요?"

　어떤 상황에서도 삶의 균형을 끝까지 유지하려 했던 나의 몸
부림.
　목숨을 다해 숨 가쁘게 땀 흘렸던 외로운 시간.

　너무 힘들었지만, 그러함에도 삶을 이어갈 수 있었던 힘의 모든
원천은 하나님이셨다.
　사실 하나님은 내가 태어나서 겪을 모든 과정을 오래전부터 알
고 계셨을 것이다. 그리고 내 인생의 무대에서 각 시기마다 정해진
계획을 실행하시면서 마음 아프셨을 것이지만, 내가 잘 이겨내길
응원하며 묵묵히 지켜보셨을 것이다.
　"이제 실행할 때가 됐군. 그래도 녀석은 잘 해낼 거야!"

인생의 과정이 어떠하든 결국 모든 것은 하나님의 섭리 아래 있기에 피조물인 나로 하여금 하나님을 의지하며 그분을 가까이하는 습관을 키우고, 하나님 없이는 살아갈 수 없는 존재임을 깨닫게 만들려는 큰 계획이 있었던 것이다.

사실 내가 어떠한 조건을 통과한 것도 아니고 그럴 만한 자격도 없는데, 하나님은 세상을 만들기 전부터 나를 자녀로 선택하셨다.

온 우주를 만드시고 만물을 지으신 하나님이 내 아버지가 되신다니, 정말 기가 찰 상황이다. 게다가 먼 훗날 천국에도 꼭 오라고 하신다.

하나님의 위대한 계획에 내가 포함되어 있다는 사실이 놀라울 뿐이다.

그저 감사하다. 태양 아래에서 더 필요할 게 있을까.

나를 사랑하신 하나님은 그렇게 내 삶의 전부가 되셨다.

"내가 너를 모태에 짓기 전에 너를 알았고"
"창세 전에 그리스도 안에서 우리를 택하사."
〈성경〉

가끔 꿈을 꾼다. 내 내면의 욕구였을까? 등장인물은 엄마, 아빠, 그리고 나, 이렇게 셋이다.

엄마와 아빠가 동시에 꿈에 나오면 너무 좋았다.

셋이서 함께 살았던 나의 어린 시절의 장면인데, 그때 살던 집이 배경으로 나온다.

꿈이라 정확하게 뭘 했는지는 항상 가물가물하지만 특별한 건 없었던 것 같다. 그냥 일상 속에서 함께 지내는 모습이다. 그리고 그 꿈속에선 엄마가 잘 걸어 다니신다. 그러면 '아, 이제 엄마가 걷는구나.' 하며 꿈속에서도 안도하는 내가 느껴진다.

그 밖에도 예전에 살던 집 말고도 다른 장소에서 행복해하는 모습이 꿈에 나오는데, 전혀 모르는 곳이다. 그럼에도 어디선가 많이 본 듯한 익숙함을 느꼈는데, 나중에 깨서 생각해보면 그전에 꿨던 행복한 꿈에서 나온 곳이 또 한 번 배경이 된 거였다. 그곳이 현실에서는 어디인지, 실제로 존재하는지는 모르겠다.

참 신기했다. 행복한 장소는 계속 기억 속에 있나 보다.

하지만 깰 때면 또 너무 아쉽다.

'에이, 꿈이었어.'

날마다 만나면 좋은데, 내 맘대로는 안 되겠지.

2020년 2월 현재, 내 나이 마흔하나. 엄마는 여든다섯.

엄마의 요양원에서의 삶은 계속 진행 중이며, 어느덧 6년을 넘겼다.

약물 조절이 어느 정도 적절하게 유지되면서 요즈음엔 무난하게 지내시는 편이다. 물론 여전히 소리도 가끔 지르시며, 식사 거절을 비롯해 양치질 거절 등 늘 있던 문제가 여전히 남아있으나 양호한 수준이다.

오랜만에 엄마의 젊은 날 사진을 꺼내서 봤다. 유일하게 있는 엄

마의 옛 흑백 사진이다,

사진에 찍혀 있는 건 나보다 훨씬 어린 시절의 엄마 모습이다. 대략 20대 정도로 보인다.

'엄마도 이런 시절이 있었구나. 그랬겠지.'

사진을 보며 한마디 말을 건네 본다.

"너 때문에 나 조금 힘들었다."

어색하기도 하고, 우습기도 하다.

동생처럼 생긴 어린 아가씨. 나와 아주 관련이 깊은 사람이 되었다.

이 세상에 사는 동안 서로에게 부여된 시간이 있을 것이다. 그리고 서로 겹치는 그 시간 동안 엄마와 아들이라는, 조금은 가까운 관계로 만난 사이.

사람의 인연이라는 것이 그저 신기할 뿐이다.

오늘 밤, 엄마가 더 그립다.

다 안다. 엄마가 다시 멀쩡하게 돌아올 수 없다는 것을. 그저 '시간이 지나면 괜찮아질 거야.'라고 생각했다. 진짜 그랬다. 살다 보니 많이 익숙해졌다. 젖은 수건도 시간이 가면 마르는 법이니까.

자연이 유일하게 모든 사람에게 처방해 준 세상에서 가장 간편한 약, 시간. 먹을 필요도 없었고, 바르지 않아도 되었다.

그냥 준 것처럼 보이지만 사실 가장 비싼 약이겠지.

무엇으로도 매길 수 없는 세월을 값으로 치러야 하는 것이니.

그렇다고 약의 효능이 100%인 건 아니었다.

여전히 마음 깊은 곳에는 그리움이 항상 있고, 가끔 새벽에 잠에서 깰 때면 가슴속에서 쓰림과 시림이 올라오기도 한다.

그래도 명색이 유명한 약이라 부작용은 없는 것 같다.

다만, 살아있는 한 완치되려면 아마도 내가 치매에 걸려야 하지 않을까 싶다.

그래도 퇴원은 해도 된다고 한다.

어느 새벽, 신발 끈을 묶고 옅은 어둠 속에 몸을 넣고 뛰었다.

차가운 바깥공기가 온몸으로 느껴진다.

들리는 나의 거친 숨소리.

좋다.

힘들지만 좋다.

그냥 좋다.

그리고 기도한다.

"나의 삶을 주관하시는 하나님, 저는 이렇게 살아왔습니다. 다 알고 계시지요?

지나온 삶을 돌아보며 지금까지 인도해주신 하나님께 감사드립니다.

때로는 하나님이 침묵하셔서 멀리 계시는 것 같아 원망하는 마음도 들었습니다.

그러던 캄캄한 어느 날, 힘없이 쭈그리고 앉아 울고 있는 제 옆에서 함께 눈물 흘리시는 주님을 보았습니다. 저를 더 견고하게 하시려고 잠깐 다듬는 시간이 필요했음을 이제 깨닫습니다.

호흡하는 평생 동안 철저하게 하나님을 신뢰하며 제 인생의 모든 여정을 하나님께 맡기오니, 저와 동행하시옵소서.

무엇보다 요양원에 있는 사랑하는 엄마를 살피시고 돌보시옵소서.

여전히 마음이 아프지만, 그저 모든 상황을 하나님의 손에 맡기오니 모든 환경 가운데 그 숨과 생각을 지키시고, 밤낮으로 천군·천사들로 간병하게 하셔서 천국에 가는 그날까지 평안케 하시옵소서.

특별히 간절하게 원하는 것은, 여전히 하나님을 모르고 세상을 살아가는 수없이 많은 사람이 하나님을 속히 만남으로써 오랜 아픔과 상처가 치유되며 회복이 일어나는 놀라운 은혜를 허락해주옵소서.

예수님의 이름으로 기도합니다. 아멘."

어느 젊은 날(못 봤던 엄마)

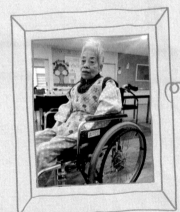

나이 든 어느 날
(계속 봐온 엄마)

처음 요양원에 맡기고
어느 토요일

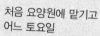

아들! 밥은 먹었니?

사랑하는 우리 아들이 이렇게 많이 컸구나.

결혼도 하고 이렇게 손자들도 보니 엄마는 더 바랄 게 없다.

가난한 집에 시집와서 어떻게든 너 가르치려고 최선을 다했는데, 많이 부족했을 거라 생각도 든다. 그래도 이렇게 잘 자라줘서 고마울 뿐이다.

그나저나 병든 나를 챙겨주느라 네가 참 고생이 많았겠구나.

늦은 나이에 치매가 오다니. 나도 내가 이럴 줄 알았겠냐.

미안해하거나 죄책감 갖지 마라. 너의 선택은 늘 최선이었고, 또한 최고의 선택이었다.

이 정도 보살펴준 것만으로도 충분히 고맙다.

오로지 하나님께서 너와 네 가정을 인도해주시길 기도할 뿐이다.

이 땅에서 멋지게 살다가 천국에서 반갑게 만나자.

혹 하나님이 다음 생에 기회를 한 번 더 주신다면, 그때는 엄마랑 여행도 가고, 영화도 보고, 카페에서 커피도 마시고, SNS도 하고, 영상통화 같은 것도 해보자꾸나.

사랑한다. 그리고 고맙다.

하나뿐인 내 아들에게.

사랑하는 엄마가.